KB014763

"뭐, 메인 히로인과 주인공이니까
좀 더 진전이 있어도
괜찮을지 몰라."

시원찮은
그녀를 위한
육성방법11

마루토 후미아키
= 지음

미사키 쿠레히토
= 일러스트

"예를 들자면?"

"으음, 글쎄…… ∿∿∿를 한다든가?"

"……그럼, 그거, 할래?"

"그러니까 일일이 물어보지 말라고."

효도 미치루
Michiru Hyodo

함지미 이즈미
Izumi Hashima

Saenai
heroine no
sodate-kata.11
Presented by Fumiaki Maruto
Illustration : Kurehito Misaki

시원찮은 그녀를 위한 육성방법 (히로인)

11

마루토 후미아키 지음

미사키 쿠레히토 일러스트

이승원 옮김

목차

\신생/ *blessing* *software*

멤 버 명 단

▼ 프로듀서

하시마
이오리

Iori Hashima

▼ 기획, 서브 디렉터,
메인 히로인

카토
메구미

Megumi Kato

▼ 기획, 디렉터, 시나리오

아키
토모야

Tomoya Aki

▼ 음악

효도
미치루

Michiru Hyodo

▼ 원화, 그래픽 담당

하시마
이즈미

Izumi Hashima

Saenai heroine no sodate-kata.11

여름방학, 내 방에 스며드는 저녁노을이 지난달과 마찬가지로 여전히 에어컨의 냉기마저 달굴 정도의 열기를 전해주고 있는 8월 하순······.

"토모~, 어째서야!"

"토모야 선배~, 이게 대체 어떻게 된 거예요!"

······하지만 그런 더위를 날려버릴 만큼, 강한 비난과 분노가 어린 목소리가 이 방 안에서 이중으로 울려 퍼졌다.

"자, 잠깐만! 왜 이러는 거야?! 내가 왜 비난을 당하는 건데? 이번만큼은 나, 전혀, 눈곱만큼도 이유를 모르겠다고!"

"왜 내가 모르는 사이에 사촌 히로인 미치루(가명) 시나리오를 완성시킨 건데~!"

"왜 제가 잠시 눈을 뗀 사이에 후배 히로인 이즈미(가명) 시나리오를 완성시킨 건데요~!"

"스케줄에 맞춰 기한을 어기지 않고 완성했을 뿐인데, 나는 왜 욕을 먹고 있는 거야?!"

아까도 말했다시피, 오늘은 8월 하순.

더 구체적으로 말하자면, 여름방학 마지막 날.

평범한 학생들은 아직 끝내지 못한 방학 숙제 때문에 얼굴이 새파랗게 질리고, 밤샘을 해서라도 사태를 수습하기 위해 난리를 치고 있을 날이다(개인적 편견 포함).

하지만 보통은 지옥이 펼쳐졌을 이 날에, 나는 당당히 가슴을 편 채, 현재 진척 상황이 매우 순조롭다는 사실을 방금 보고했다.

아, 물론 학교 숙제에 관한 것도, 내년으로 다가온 진학 및 취직 대책에 관한 것도 아니다.

"시나리오 완성 과정에서의 그 난리굿은 다 어디 간 거야~! 지금까지는 사와무라나 선배가 문제를 일으키고~, 토모가 대충대충 쓴 시나리오로 그 두 사람을 꼬셔서 해결했잖아. 그런데 왜 이번에는 그 중요한 과정이 생략된 거냔 말이야~!"

1권 분량을 통째로 써가면서

"업무의 성과는 결과물로 평가하는 거 아냐? 왜 과정을 더 중요시하는 건데?!"

입체 음향 방식으로 왼쪽 상단부에서 음성을 토해내고 있는 사람은 쇼트커트 곱슬머리에 핫팬츠 차림인 미소녀다.

앉아있는데도 알 수 있을 만큼 키가 크며, 가늘고 긴 손발을 지녔다.

큼지막하기는 하지만 세세한 곳까지 신경 쓴 듯한 육체를 마구 흔들어대며 나에게 요구하고 있는 것은 불합리한 사과와 보상이었다.

그런 억지를 통용시키는 그녀는 나와 동갑이고, 같은 날에 태어났으며, 태어난 순간부터 알고 지낸데다, 사촌이기까지 한, 지나칠 정도로 가까운 사이다.

츠바키 여자고등학교 3학년 4반, 효도 미치루.

"제, 제가 현재 이 서클에 가장 공헌하고 있는데 이런 취급이나 당해야 하다니……. 현존 멤버가 관둔 멤버보다 비중이 적다는 건 문제예요! 옛날 여자만 편애하며, 회상 장면만 잔뜩 나오는 미소녀 게임 따위는 누가 봐도 명백한 망겜이라고요!"

"그렇지 않아! 재미있을 거라고! 아니, 그것보다, 딱히 편애한 적 없어!"

그리고 입체 음향 방식으로 오른쪽 상단부에서 음성을 토해내고 있는 사람은 머리카락을 곱게 땋고, 미니스커트 차림으로 단정하게 무릎을 꿇고 앉아있는 미소녀다.

앉아있는데도 알 수 있을 만큼 몸집이 작으며, 그 조그마한 몸집과 대비를 이루듯 특정 신체부위의 볼륨이 엄청났다.

그런 조그마한 몸집 안에서 찬란히 존재감을 뽐내고 있는 커다란 부위를 흔들어대며 나에게 말하고 있는 것은 찬밥 취급에서 비롯된 한탄이었다.

나를 인정사정없이 비난하고 있는 그녀는 후배이고, 5년 전부터 알고 지냈으며, 항상 나를 따르는, 지나칠 정도로 친밀한 사이다.

　토요가사키 학원 1학년 C반, 하시마 이즈미.

　"뭐, 초기 멤버가 전설이 되는 건 밴드에서도 흔히 있는 일이야~. 하지만 도중 참가한 2대 보컬 덕분에 유명해진 밴드도 잔뜩 있거든?"

　"맞아요! 첫 작품이 운 좋게 대박을 터뜨렸다고 기고만장 해져서 이적했다가 후회만 죽어라 해대는 뜬금포 초대 원화가보다, 남들의 그늘에 가려 힘들어하면서도 꾸준히 속편을 내며 견실하게 브랜드를 지킨 2대 원화가야말로 칭찬받아 마땅하다고요!"

　"미치루의 예시는 이해가 안 되니 그렇다 치고, 이즈미의 예시는 너무 구체적이라 누굴 말하는 건지 짐작조차 되거 든?! 그러니 작작 좀 해줄래?!"

　두 사람이 이렇게 나한테 비난을 퍼붓는 이유 또한 방학 숙제의 진척 상황 때문이 아니다.

　우리 서클인 『blessing software』가 겨울 코믹마켓에 내 놓은 최신작 『시원찮은 그녀를 위한 육성방법(가제)』의 진척 상황 때문인 것이다.

　보름 전인 여름 코믹마켓에서, 우리는 신작 게임의 체험판을 무료 배포했다.

공통 루트 도중까지 진행되며, 플레이 시간은 한 시간도 되지 않을 정도로 분량도 적었다. 그런데도 줄이 길어『여기가 대기줄 끝이 아닙니다』간판이 등장할 정도로 반응이 매우 뜨거웠다.

뭐, 이번에 인기가 좋았던 것은 무료 배포라는 점과 참가하지 않은 전작 멤버의 ^{에리리와}실적 덕분일 테니 마냥 좋아할 수는 없다. ^{우타하 선배}

하지만 체험판을 플레이해본 유저들의 인터넷에서의 반응 또한 우리의 의욕을 끌어올리기에 충분할 만큼 긍정적이었다.

원화가가 카시와기 에리가 아니라는 점 때문에 부정적인 의견이 있지만, 그래도 새 원화가의 뛰어난 스킬과『rouge en rouge』출신이라는 실적 덕분에 호의적인 의견이 많았다. ^{이즈미} ^{벽서클}

……뭐, 카시와기 에리가 모 컨슈머 대작의 원화가로 발탁된 사실을 아는 유저들이 내부 분열 등의 가능성을 점치면서, 내 위가 통증을 호소하게 만들었지만 말이다. ^{필즈 크로니클 ⅩⅢ}

아무튼, 대체적으로 호평이었던 작화에 비해 시나리오 쪽은 전작과 너무 다르다는 점 때문에 당황하거나 부정적인 의견을 늘어놓는 사람이 꽤 있었다.

하지만 지금은 그런 평가를 감사히 받아들이면서 더욱 분발할 수밖에 없다.

이번 신작은 전작인『cherry blessing』같은 전기 러브스토리가 아니며, 나는 카스미 우타코가 아니다.

스킬도, 경험도 모자란 것이다.

게다가 작풍과 추구하는 바가 결정적으로 다르다는 사실을 반 년 전에 처절하게 깨달았다.

그러니 시나리오의 진가는 겨울 코믹마켓에서…… 모든 힘을 쥐어짜낸 후, 심판을 달게 받는 수밖에 없다.

"그, 그게, 슬슬 시나리오가 완성되지 않으면 그림과 음악 작업에 차질이 생기잖아? 나는 시나리오 작업이 늦어져서 너희가 부담을 받지 않도록……."

……뭐, 이 두 사람의 비난이 게임 시나리오의 내용에 근거한 본질적인 논의에서 비롯된 거라면 나도 이런 변명을 늘어놓지 않을 것이다.

"하지만~, 작년에 만든 게임도 11월에 시나리오가 완성됐잖아? 아직 두 달 넘게 여유가 있는데, 이렇게 서두를 필요가 있어?"

"있다고! 너도 디렉터를 맡아보면 실감할 수 있을 거야!"

아무래도 작년, 11월에 시나리오가 완성된 점을 비롯한 여러 가지 문제 때문에 DVD 생산회사의 기한에 맞추지 못해, 결국 우리가 직접 만든 소량의 DVD만 배포해야했다는 사실을, 미치루의 무사태평한 두뇌는 망각의 저편에 보내버린 것 같았다.

"그래도, 히로인과의 대화를 중시하며 만들어줬으면 했어요!"

"했거든?! 시나리오 안에서는 열심히 대화를 나눴거든?!"

애초에 이 게임의 콘셉트인『히로인과의 대화를 중시』라는 것은 작품 속의 2차원 히로인과의 대화를 가리키며, 히로인의 모델(일지도 모르고, 아닐지도 모름)인 3차원 여자와의 대화를 가리키지 않는다는 사실을 이즈미의 편의주의적 두뇌는 기억의 구석에 봉인해버린 것 같았다.

아니, 뭐, 그렇다고 해서 미치루와 이즈미의 언동을 불합리하다고 여기는 것도 왠지 좀 그렇지만 말이다.

그녀들이 이렇게 느끼는 것도…….

"……뭐, 토모야 군이 처음 두 시나리오를 그런 식으로 만든 탓이잖아~."

"……지당하신 말씀입니다."

5.1ch 서라운드 방식으로 등 뒤편에서 말한 사람의 지적이 옳다.

"원래라면『여자애의 고민에 게임 시나리오로 답한다』같은 걸 당하면 엄청 낯 뜨겁고, 어마어마하게 부끄러운 데다, 영문을 몰라서 어리둥절할 테지만, 그래도 상대가 자신을 특별하게 생각하는 느낌이 들 거야. 그러니까 자기 차례 때 그래주지 않는다면『어? 나는 대체 뭐였던 거야?』하고 생각하는 것도 당연하다고나 할까……."

"나, 이미 잘못을 인정했거든?! 그러니까 더는 부끄러운 해설을 늘어놓지 마, 메구미!"

감정이 담겨 있지 않은 무덤덤한 어조로 여러모로 문제 있는 해석을 담담하게 말하면서 내 마음을 헤집은 이는, 쇼트 보브 헤어스타일에 치마바지 차림으로 무릎을 꼭 끌어안은 채 앉아있는 미소녀다.

그저 앉아만 있는데도 느껴지는 이 자연스러운 음험함…… 아~ 아무 것도 아냐.

아무튼, 얼음 칼날 같은 언동으로 내 반론 및 저항을 원천적으로 차단한 이는 나와 동갑이고, 마음 편하게 대할 수 있지만, 요즘 들어 그 편안함이 신기루가 아니었을까 하는 의심이 들게 하는, 묘한 인연으로 얽힌 사이다.

토요가사키 학원 3학년 A반, 카토 메구미.

"알았어, 알았다고요! 멋대로 일찌감치 시나리오를 완성해서 죄송합니다!"

아무튼, 서브 디렉터에 부대표이자 흑막…… 아니, 숨은 공로자가 이렇게 노려보니 엉터리 대표인 나는 전면적으로 항복할 수밖에 없다.

"……저기, 토모? 방금 사과에서는 성의도, 죄책감도, 진심도 느껴지지 않거든?"

"……말투로 볼 때, 토모야 선배는 자기가 뭘 잘못했는지 모르면서 일단 대충 사과하고 보자~ 같은 느낌으로 고개를 숙인 것 같은데요."

"……으음, 너희가 안고 있는 고민이나 문제와 제대로 마주하지 않고, 너희에 대해 멋대로 해석해서 사촌 히로인과 후배 히로인의 시나리오를 완성해서 죄송합니다!"

그리고 당사자이자 게임 제작에 꼭 필요한 동료인 작화 담당과 음악 담당이 전혀 납득하지 않았다는 듯이 추궁을 하자, 신출내기 시나리오라이터인 나는 불합리하다는 생각이나 하고 있을 수는 없었다.

"자아, 둘 다 이제 그만 용서해주는 게 어때? 본인도 어느 정도, 나름대로, 얼추, 반성한 것 같잖아."

"부디 용서해주세요!"

……뭐, 이번 일과는 전혀 상관이 없는 메구미가 이렇게 상황을 주도하는 게 납득이 안 가기는 하지만, 그 점을 은근슬쩍 지적했다간 서클 활동의 존망이 걸린 사태가 벌어질 게 뻔하기에 절대 입에 담아서는 안 된다.

그렇다. 지금은 그저 이 거친 폭풍을 견디고 견디며 지나갈 때까지 기다려야만 한다. 사고를 친 유명인들처럼 말이다.

"으음~, 어쩔 수 없지만, 이해해주도록 할까~. 눈곱만큼도 납득하지 않았지만 말이야!"

"그래요. 제대로 사과했으니까요……. 말로만 사과한 걸지도 모르지만요!"

"감사합니다, 감사합니다! 돌이킬 수 없는 불상사를 저지른 점에 대해서는, 멋진 게임을 만들어내서 사죄하도록 하겠습니다!"

그리고 내 대충대충…… 아니, 진심어린 사과가 드디어 통한 것인지…….

미치루와 이즈미의 얼굴에 「정말, 어쩔 수 없다니깐」 하고 말하는 듯한 부드러운 표정이 맺히면서, 이 공간의 분위기가 누그러졌다.

"그럼 그 『멋진 게임』을 만들기 위해 우리도 힘 좀 내볼까~."

"그래요. 이 자리에 시나리오 데이터도 있으니까요."

"뭐……?"

……하고 생각한 것은, 겨우 몇 초에 지나지 않았다.

※　※　※

그 후, 두 사람이 시작한 『내 시나리오를 멋지게 만들기 위한 회의』는 그야말로 처참하기 그지없었다.

"자, 이 『이즈미04.txt』를 보세요! 멀어져 있는 사이에 쌓여가는 감정이야말로 소꿉친구 히로인의 매력이잖아요~!"

"어~, 과연 그럴까? 역시 항상 붙어있으면서 사이좋게 지내는 편이 관계가 깊어지지 않을까?"

"그런 식으로 대충대충 전개되니까 미치루 씨(가명) 시나리오는 깊이가 없는 거예요~."

"……호오~."

"그에 비해 이즈미(가명) 시나리오의 깊이는 정말……. 항상 주인공을 마음속에 품어온 3년이야말로 이야기에 깊이를 더해주고 있는 키포인트죠!"

"어~, 기왕 뜸 들일 거면 5년 정도는 들이는 게 어떨까~?"

"어떤 근거로 5년이라는 기한을 제시한 건데?!"

그것은 업계에서 흔히 이뤄지는 『시나리오 리딩』처럼, 시나리오의 문제점과 과제를 찾아내서, 수정을 함으로서 더 좋은 시나리오를 만들어내려 하는 게 아니었다.

그것은 그저 자신(히로인의 모델)의 시나리오의 장점을 마구 언급하며 상대(상대 히로인의 모델)의 시나리오의 결점을 지적해대는, 지옥, 아니 아수라장 같은 싸움이었다.

"이야~, 이 『미치루16.txt』의 생생함은 정말…… 어디 사는 꼬맹이 히로인은 자아낼 수 없는 매력이 있네~."

"……윽."

"어릴 적부터 서로의 성장을 지켜봐왔기 때문에, 주인공이 느닷없이 상대를 『이성』으로 느끼는 게 리얼하게 다가오는 거야~."

"그, 그런 소리를 들으니 괜한 상상을 하게 되잖아요!"

"에이, 그러지 말고 여기 좀 봐. 히로인과 주인공이 코타츠 안에서 러브러브하게 서로의 발을 희롱하는 장면인데⋯⋯ 『저기, 토모⋯⋯ 할래?』"

"우와아아아악~! 대사 좀 읽지 말라고요~!"

"우와아아아악~! 나, 그런 대사를 넣은 적 없거든~?!"

게다가 각 이벤트의 상황을 재현하며 모에한 대사를 소리 내 읽어서 시나리오라이터의 망상을 이 세상에 구현한다고 하는, 일부 인간에게 있어서는 고문이나 다름없는 시간이었다⋯⋯.

"그, 그럼, 이 『이즈미238.txt』를 보세요! 동인지 이벤트에서 처음으로 경험한 매진의 여운에 잠긴 히로인⋯⋯ 그런 꿈속을 거니는 듯한 심정이 된 저, 아니지, 히로인은 토모야 선배, 아니지, 주인공의 방 침대에서⋯⋯ 『서, 선배⋯⋯ 저는, 처음, 이니까⋯⋯』."

"우와아아아악~! 나, 그런 이벤트를 넣은 적 없거든~?!"

⋯⋯응, 역시, 이번 게임은 만드는 방식부터 잘못됐다.

친분이 있는 여자애를 모델로 삼아 히로인을 만드는 게 아니었다.

"저기, 토모야 군. 너 지금 이 작품의 테마를 전부 부정했는데, 그래도 괜찮은 거야?"

"메구미, 너는 대체 뭘 들은 거야?!"

제1장

이번 권의 업계 관련 이야기는 전부 픽션인 걸로 여겨주시길.

아직 더위가 완전히 가시지 않은 교실 안이 한 달하고 보름 만에 시끌벅적해졌다.

2학기 첫 등교일인 오늘, 체육관에서 개학식을 마치고 교실로 돌아온 3학년 F반의 학생들은 오래간만의 재회를 기뻐하면서 이야기꽃을 피우고 있었다.

……하지만 그 광경은 『평소와 다름없는 2학기 첫날』이라고 하기에는 활기와 쾌활함과 느긋함과 2학기 데뷔가 부족한 것처럼 보였다.

귀를 기울여보니 그들이 나누는 이야기 내용 또한 여름방학 때 다닌 학원이 어쩌고, 지망 대학이 어쩌고, 모의고사 성적이 어쩌고, 그 성적으로 그 대학에 가는 건 무리잖아, 같은 것들이었다.

왠지 1학기 때보다 날카로운 분위기가 교실 안을 가득 채우고 있었다.

뭐, 그럴 만도 했다. 현재 우리가 맞이한 시기는 고교 3학년 2학기인 것이다.

참고로 밝히자면, 이 토요가사키 학원은 흔히 사립 진학고로 분류되는 곳이기도 하다.

그러니 대부분의 학생들은 곧 마주하게 될, 지금까지의 인생에서 거의 최대급 시련인 대학입시를 앞두고 절박해지는 것도 당연……

"……모든 소재의 제출기한이 9월 말이래."

"빠르네~. 역시 컨슈머 게임이야."

"그런데도 연말 발매에 빠듯하다는 거야……. 그러니, 이번 달은 학교에나 다닐 때가 아니란 말이지."

"……대학 중퇴라면 업계에서도 어느 정도 인정해줄지 모르지만, 고교 중퇴는 여러모로 좀 그렇지 않을까?"

……그런 폐쇄공간 안에서, 다른 학생들과 마찬가지로 절박한데도 불구하고, 다른 학생들과 명백하게 방향성이 다를 뿐만 아니라, 진학 같은 파워워드와도 전혀 상관없는 한숨소리가 옆에서 들려왔다.

이 녀석, 대체 진학은 어떻게 하려는 걸까……. 뭐, 나도 남 말할 처지는 아니지.

"그건 그렇고, 개발기간이 너무 짧다니깐……. 대작 타이

틀이니까 회사 측에도 개발에 2, 3년 정도 들일 예산과 체력이 있을 텐데 말이야."

"뭐, 이쪽 리더는 인생을 재촉하는 경향이 있거든……. 콘슈머 게임의 기나긴 제작 기간 사이클과 근본적으로 맞지 않는 거 아냐?"

코사카 아카네 씨

"그럼 『필즈 크로니클』 제작에 참여하지 않으면 되잖아……. 진짜 그 여자가 무슨 생각을 하는 건지 모르겠어."

옆자리에 엎드린 여자애가 초췌해진 몰골로 푸념처럼 늘어놓고 있는 것은 「왜 일개 고교생이 그런 이야기를 하는 건데?」 같은 소리를 들을 레벨의 화제다. 개인의 대학 진학 같은 것은 비교도 안 될 만큼 경제 규모가 큰 이야기인 것이다.

그런 말도 안 되는 화제를 언급하며 자신의 처지를 한탄하고 있는 이는 일개 고교생인데도 불구하고 외모와 속내와 신분이 엄청난(체형 제외) 금발 트윈 테일 미소녀다.

몇몇 부위가 조그마한 체형을 지녔고, 언행과 태도가 조급할 뿐만 아니라 별나며, 친하게 지내기 힘든 면이 있지만, 개인적으로는 10년 전에 그런 단계는 통과했기 때문에 무슨 짓을 당하거나 듣더라도 「뭐, 이 녀석이라면 그러고도 남지.」하고 생각하고 넘어가버리는, 그야말로 소꿉친구다운 소꿉친구다.

토요가사키 학원 3학년 F반, 사와무라 스펜서 에리리.

참고로 현재 가장 핫한 그녀의 직함은, 인기 게임 제작회사 마르즈의 신작 판타지RPG『필즈 크로니클ⅩⅢ』캐릭터 디자인 및 원화 담당, 카시와기 에리.

"게다가 요즘 들어 세세한 부분까지 지시를 하는데……
조금이라도 어기면 바로 다시 작업을 시켜."

"뭐, 작업이 막바지에 이르니 어쩔 수 없겠지."

"하지만 캐릭터의 복장이나 표정 가지고 그러면 이해가 되겠지만…… 옷매무새가 흐트러진 모습이라든가, 필사적으로 마음속에 감추고 있는 감정이 희미하게 드러나는 표정 같은 것까지 요구해. 그런 세세한 부분까지 신경을 쓴다고 그게 유저에게 전달될까?"

"뭐, 뭐어, 세세한 부분까지 신경을 쓰면서 만드는 건 중요하잖아. 유저는 그런 부분에 민감하다고."

"하지만 한 달 안에 서른 장 이상의 이벤트CG를 그려야 하는 원화가한테 그런 걸 요구하지 말아줬으면 한다는 게 내 본심이야."

"너, 또 그렇게 궁지에……."

"순조롭거든?! 온^{예정대로} 스케줄이거든?! 나, 지난달에도 서른 장 그렸단 말이야!"

"……그, 그랬구나. 수고했어."

그녀들, 『필즈 크로니클』팀의 독설 대결…… 아니, 회의

현장을, 나는 지난달에 이 두 눈으로 봤다. ^{10권}

그렇기에 그 빌어먹을…… 아니, 타협을 용납하지 않는 엄격함과, 그녀들이 추구하는 엄청난 레벨은 이해하고 있다.

"그건 그렇고, 너희 디렉터는 진짜 혹독하네."

"예전부터 그랬어. ……문제는 시나리오라이터도 가담하기 시작했다는 거야."

"……우타하 선배가?"

"갑자기 시나리오를 대폭 뜯어고치나 싶더니, 그게 엄청난 문제작인 거야! 클라이언트 측에서 머리를 감싸 쥐면서 시나리오라이터를 바꾸겠다는 소리까지 했는데, 코사카 아카네가 그 의견도 전부 묵살해버렸어."

"그, 그랬구나……."

"그런 일이 있었던 다음부터는 완전 제멋대로 하고 있다니깐. 작년처럼 나를 들볶고, 놀리며, 괴롭혀대는데……. 아아, 정말! 대체 누가 그 녀석을 되살려낸 거야?!"

"아, 아하, 아하하……."

실은 그 에피소드는 다른 방면을 통해 이미 들었기에, 이제 와서 놀랄 일도 아니다. ^{코사카 씨}

하지만 그녀의 현재 상황만큼은 일전의 회의 현장을 목격한 나로서는 도저히 상상이 되지 않았다.

에리리의 푸념 속에서, 활기차게 맹위를 떨치고 있는 시나리오라이터.

우리가 머릿속으로 상상하고 있는, 외모와 속내와 신분이 여러 가지 의미에서 엄청난(체형 포함) 흑발 롱헤어 미녀.

체형에 버금갈 만큼 볼륨감 넘치는 언행 또한 공격적이며, 그런 면을 훤히 드러내고 있기 때문에 친구가 거의 없지만, 개인적으로는 간간히 보여주는 상냥함과 믿음직함에 어리광을 부리고 싶어지는, 선배이자 스승님.

소오 대학교 1학년, 카스미가오카 우타하.

참고로 현재 가장 핫한 그녀의 직함은, 『필즈 크로니클XⅢ』 시나리오 담당, 카스미 우타코.

그녀…… 우타하 선배는 내가 목격했던 회의 때, 마음이 꺾이고 말았다.

자신의 상사인 코사카 아카네에게 자신의 시나리오가 어중간하다는 혹평을 들으며, 지금까지의 실적과 노력, 그리고 자신의 존재의의도 부정당했다.

하지만 그녀는 역시 코사카 아카네가 간단히 실력을 간파할 수 있을 수준의 크리에이터가 아니었다.

분한 심정과 굴욕을 곱씹으면서도 상대방의 의견을 음미한 후, 재능과 노력을 융합시킨 능력으로 화려하게 설욕을 한 것이다.

그렇다. 카스미 우타코는 부활한 것이다.

그것을 위해 내가 잃어버린 것은 결코 작지 않지만 말이다…….

"너, 카스미가오카 우타하의 시나리오를 썼다면서?"

"……뭐, 본인에게 이건 자기가 아니라는 소리를 들었지만 말이야."

그렇다. 스승과의 결렬이라고 하는, 어마어마한 대가를 치른 것이다.

"흐음, 그렇구나……."

"……왜 그래?"

하지만 우타하는 마음에 상처를 입은 나를 경멸하는 눈길로 쳐다보니, 내 상처를 헤집는 발언을 했다.

"으음, 역시 러브코미디의 둔감 주인공을 방관자의 입장에서 지켜보니 살의가 치솟네. 이러니 감정이입을 할 수 없는 캐릭터로 만들면 그렇게 비난을 당하는 거구나. 공부가 됐어~."

"너는 이 수험 시즌에 대체 뭘 공부하고 있는 거야?!"

저기, 눈길뿐만 아니라 발언도 내 마음을 헤집어대고 있다고.

　　　　　　　※　※　※

"흐음, 그렇구나……."

"왜 메구미까지 에리리와 똑같은 반응을 보이는 건데?!"

개학식과 종례가 끝난 후, 우리는 평소보다 일찍 학교에서 해방됐다.

나는 신발을 갈아 신고 교문을 향해 걸어가면서, 아까 에리리에게 들은 우타하 선배의 근황을 메구미에게 이야기해줬다.

……그 결과가 바로 이 냉담한 반응이다.

"아~, 실은 어제 에리리한테서 전화로 이야기를 들어서 그다지 놀랍지가 않다고나 할까……."

참고로 아까까지 나와 교실에서 이야기를 나눈 데다 지금 우리 둘이 언급하고 있는 에리리가 이 자리에 없는 건, 그녀가 빨리 돌아가서 작업을 해야 한다며 서둘러 하교했기 때문이거든?

결코 우리를 배려해줬거나, 자리를 피해줬다거나, 미묘한 분위기를 감지했다거나 같은 게 아니거든?

"그리고 나는 토모야 군만큼 카스미가오카 선배를 걱정하지 않는다고나 할까, 신뢰하고 있거든. 그러니까 그 사람이 걱정된다고 남들 보는 앞에서 울지 않아."

"그런 한 달 전 일은 아무도 기억하고 있지 않을 거라고!" 10권 6장

아무튼, 소금에 하바네로까지 섞은 것 같은 반응 좀 하지 말라고.

"뭐, 토모야 군이 걱정해주고 있으니까 카스미가오카 선배는 별 문제 없을 거야."

"하지만 일전의 시나리오 내용을 보고 엄청 화냈으니까,

쉽게는 용서해주지 않을 것 같은데……."

"음, 그렇게 생각한다면 잠시 동안 거리는 두는 건 어때? 어차피 금방 인내심이 바닥날 거야. 어느 쪽을 말하는 건지는 안 밝히겠지만."

"미안한데, 작지만 훤히 다 들리는 음량으로 말 좀 하지 말아줄래?"

우리가 평소와 마찬가지로 서브 미스 급의 대화를 나누면서 교문 밖으로 나가려고 할 때…….

"여어, 토모야 군. 카토 양. 기다리고……."

"아무튼, 지금 신경 써야 할 건 카스미가오카 선배가 아니라 우리 서클이야. 슬슬 스크립트 작업도 시작하고 싶으니까, 현재 완성된 소재를 전부 체크해야겠어."

"……저기, 지금 신경 써야 할 건 방금 네가 과감하게 무시해버린 이오리야."

다른 학교 교복 차림에 가벼워 보이는 분위기를 지닌 갈색 머리 남성이 우리 쪽을 쳐다보며 어정쩡하게 오른손을 들더니, 실실 웃으면서 딱딱하게 굳어 있었다.

※　※　※

"메구미, 너는 왜 이오리한테만……."

"으음~, 낯가림이 심해서 그래."

"아니, 내 기억에는 카토 메구미에게 그런 단어가 해당되는 걸 본 적이 없는데⋯⋯."

"그런 식으로 나를 감싸주는 척을 하면서, 토모야 군 너도 나를 무시하고 있는 것 같은 데."

그 후, 성지⋯⋯가 아니라 우리에게 익숙한 통나무집 느낌의 카페.

4인용 좌석에 앉은 두 학교의 학생 세 명은, 평소와 마찬가지로 마음이 전혀 훈훈해지지 않는 대화를 시작했다.

"뭐, 괜찮잖아. 너는 어디서든 항상 인정받지? 그러니까 네가 인정받지 못하는 서클이 하나 정도 있더라도 문제될 게 없다고."

"나, 요즘 세간에서 호감도가 엄청 좋아지고 있거든? 나 같은 호감형 인간을 이런 식으로 취급하다 너희에게 비난 여론이 몰려도 나는 몰라."

그리고 나와 메구미에게 불평을 늘어놓으면서도, 실은 전혀 개의치 않으며, 항상 친한 척할 뿐만 아니라, 일부러 남들을 도발하는 어조로 말하는 이는, 외모와 속내와 신분이 여러 가지 의미에서 경박한, 갈색 파마머리의 미남이다.

온몸으로 미심쩍은 분위기를 뿜고 있으며, 언행과 태도 또한 미심쩍기 그지없고, 오랫동안 알고 지낸 이들에게서도 신뢰를 얻지 못하지만, 사실 개인적으로는 꽤 믿음직한, 그

누구보다도 악우다운 악우.

오료 고등학교 3학년 2반, 하시마 이오리.

또한 우리의 서클인 『blessing software』의 프로듀서와 디렉터 겸 조정자.

뭐, 이렇게 말하면 거물 같지만, 이 녀석은 동인 건달에 불과하니 안심해도 된다.

"그런데, 이오리. 무슨 일로 우리 학교까지 일부러 찾아온 거야? 중요한 이야기가 있으면 어제 미팅 때 와서 했으면 됐잖아."

"아, 실은 말이지. 나만 미팅이 있다는 연락을 못 받았거든. 그리고 오늘 아침에 네 애인한테서 의사록과 자료가 메일로 왔어……."

"……메구미 양?"

"어머~, 분명 멤버 전원에게 연락을 했는데~. 이상하네~."

……아니, 그렇다고 해서 서클 안에서 이런 대접을 받아도 되는 녀석은 아닌데 말이다.

※　※　※

"최종 시나리오의 스케줄, 말이구나."

"그래. 토모야 군은 현재까지 순조롭게 캐릭터 넷의 시나리오를 완성했어. 그러니 이제 마지막 한 루트만 남았어."

"메인 히로인, 카노 메구리……."

"그래. 최후의 관문이지."

소프트크림도, 빵도, 팥앙금도, 메이플시럽도, 그리고 콩도 다 먹고 한숨 돌릴 즈음, 이오리가 은근슬쩍 언급한 것은 바로 최종 시나리오에 대한 스케줄이었다.

……즉, 나에게 빨리 시나리오를 제출하라고 재촉한 것이다.

"……저기, 그건 오늘 할 이야기는 아니지 않을까?"

"메구미?"

이오리가 한 말에 가장 먼저 반박한 사람은 당사자인 내가 아니라, 메인 히로인인 카노 메구리…… 아니, 카토 메구미였다.

모델이 된 사람

"네 번째 루트도 어제 아침에 완성됐어. 토모야 군은 어떻게든 여름방학 안에 완성하겠다며 막바지에는 밤을 꼬박 세면서 썼는데, 벌써 다음 시나리오 이야기를 해서야 마음을 추스를 틈도 없을 것 같지 않아?"

"하지만 다른 시나리오를 완성할 때까지는 이 이야기를 하지 않았잖아? 10권 완성이 너무 늦어져서 인쇄소와 일러스트레이터에게 엄청난 부담을 안겨줬을 때도 필사적으로 인내심을 발휘해서 11권 마감 이야기를 하지 않은 편집자는 칭송받아 마땅하다고 생각해."

그 대신 11권 마감이 다른 때에 비해 앞당겨진데다 압박감 또한 몇 배로 강해졌다는 부정적인 측면을 이오리는 교묘하게 감추면서 자신의 행동을 정당화했다.

……내가 무슨 소리를 한 건지 나도 모르겠네요. 그냥 잊어주세요.

"하지만 크리에이터에게는 마스터업 휴가라는 게 있다고 들었어."

이오리는 지당하기 그지없는 정론(?)을 펼쳤지만, 메구미는 납득이 안 된다는 듯이 물고 늘어졌다.

하지만 이렇게 나를 감싸줄 거면, 어제 이즈미와 미치루가 공격 했을 때도 좀 감싸줬으면 좋았을 거라는 생각도 들었다.

"……카토 양, 마스터업 휴가라는 건 말이지. 모든 작업이 종료되고, 마스터업[#1]되고, 발매된 후, 판매량이 좋아서 수익 분기점을 넘을 것 같다고 사장이 판단했을 때만 주어져."

"……으음, 솔직히 말해 마지막 조건은 빼야 하지 않을까?"

"생각만큼 팔리지 않는다면 빨리 차기작을 내서 만회해야 하잖아. 만성적 자본 부족에 시달리는 회사는 마스터업 휴가뿐만 아니라 여름방학과 겨울방학, 그리고 주말도 없을걸?"

"둘 다 일반적인 이야기 좀 그만하라고!"

4월에 이어 메구미와 이오리가 또 격렬한 제2차 본처……아니, 성배전쟁을 벌이려 하자, 나는 감독으로서 필사적으로 끼어들었다(CV : 나카타 오지).

#1 마스터업 게임 제작에서 쓰이는 표현으로, 제작 중이던 게임이 완성되어 미디어 작성과 매뉴얼 및 패키지 등의 부속품 제조 단계에 접어들었다는 의미다.

"내 말은 지금 바로 시나리오를 쓰라는 게 아냐. 하지만 다른 멤버가 계획적으로 작업을 진행하기 위해서라도 정확한 스케줄을 짜두고 싶다는 거야."

서로가 뜨거워진 감정을 가라앉히기 위해, 팥빙수로 머리를 식힌(참고로 나만 주문했다) 후, 이오리는 내가 아니라 메구미를 향해 타이르듯 그렇게 말했다.

……방금 말만 들으면 이오리가 바른 소리를 하는 것 같지만, 이런 상황에서 그런 말을 할 만큼 눈치가 없거나, 용기가 있는 것도 아니기에, 조용히 귀만 기울이고 있었다.

"하지만 아직 9월 초잖아. 토모야 군은 지금까지 순조롭게 작업을 진행했으니까, 꽤 여유가 있을 거라고 생각해."

하지만 메구미는 납득이 안 가는지, 냉정을 되찾았으면서도 여전히 반론했다.

메구미는 항상 『blessing software』를 소중히 했다. 그런 만큼 서클 내 넘버원이라는 지위에 집착하는 것이리라.

……아, 내가 넘버원이라고는 눈곱만큼도 생각하지 않는다.

"여유 같은 건 없어."

"어째서야? 작년을 생각해보면, 10월 말까지만 끝내면 충분히……."

"나는 말이지……. 최악의 경우, 카노 메구리 시나리오는 11월 말까지 걸릴 거라고 생각해."

"……어?"

"……뭐?"

이오리가 그 반론을 듣고 입에 담은 말은 메구미뿐만 아니라 나 또한 전혀 예상하지 못했던

말이었다.

"11월, 말……."

"잠깐만, 이오리. 11월 말이면 석 달 뒤라고."

"흐음, 토모야 군은 카노 메구리 시나리오를『겨우』석 달 만에 쓸 자신이 있구나…… 그 모든 루트를 능가하는, 약속된 신급 시나리오를 말이야……."

"……어?"

"……뭐?"

그리고 내 반론을 들은 이오리가 입에 담은 말은…….

그것은『시원찮은 히로인을 위한 육성방법(가제)』이라는 작품의 심연에 도달했다.

『메인 히로인이「압도적인 1등」이어야만 한다.』

이 작품이 추구하는 본질이자, 가장 커다란 테마에 말이다.

"그 플롯을 석 달 안에 시나리오로 만들어내는 것도 꽤 힘든 일이라고 생각하지만, 이번에는 그 플롯을 뛰어넘는 걸 써야만 해."

"그 말은……."

"안 그래? 다른 시나리오도 플롯을 뛰어넘는 수준의 완성도에 도달했잖아."

뜻밖에도, 이오리는 내가 지금까지 쓴 시나리오는 상당히 높이 평가하고 있었다.

"그러니 플롯 단계에서 존재하던 메인 히로인 루트의 이점은 이제 존재하지 않는다고 생각하는 편이 좋을 거야."

그리고, 그렇기 때문에, 메인 히로인, 카노 메구리 루트 시나리오의 허들이 더욱 높아진 것이다.

"토모야 군, 최고의 작품을 만들어줘……."

"이오리, 너……."

"토모야 군?"

지금 이 순간, 이해했다.

이 녀석은, 이오리는, 그저 다음 시나리오를 빨리 쓰라는 재촉을 하러 온 게 아니다.

스케줄을 빨리 짜두고 싶다는 것도 변명이다.

"최고의 플롯을, 지금까지 쓴 시나리오를, 아득히 능가하는 작품을 말이야."

"하하……."

"저기, 토모야 군?"

이 녀석은 나를 압박하러 왔다. 도발하러 온 것이다.

그것도 최대한 강렬하게 말이다.

"네가 과연 해낼 수 있을까?"

"그래. 해내겠어. ……하지만, 네 말에 놀아나지는 않을 거야."

"……."

머릿속이 열기로 가득 찼다.

어제 아침, 네 번째 캐릭터의 시나리오를 완성했던 순간으로 되돌아간 것이다.

"카노 메구리 시나리오는…… 당초 예정대로 9월 말까지 완성하겠어!"

그리고 나는…….

내 의지로 이오리의 도발에 넘어갔다.

이 녀석의 책략 덕분에 생겨난 열정을, 나 자신의 것으로 만들기 위해서—.

"괜찮겠어? 완전 무모한 소리 같은데."

"뭐…… 시간을 들인다고 해서 꼭 좋은 시나리오가 완성되는 건 아니잖아?"

"……그건 그래."

그렇다. 마감 직전의 강박관념에서 비롯된 벼락치기 시나리오가 때로는 신급 시나리오가 된다.

예를 들어, 메인 시나리오라이터가 혼자 다 쓰겠다고 호언장담을 해놓고 마감 직전까지 공통 루트조차 완성하지 못한 탓에, 서둘러 모집한 여섯 명의 유령작가가 이틀 만에 개별 시나리오를 써재낀 게임이 엄청난 히트를 한 경우도 있다.

……그 게임이 뭔지 찾아보거나, 그 게임이 진짜로 시나리오 덕분에 잘 팔린 것인지 알아보지는 말아줬으면 한다.

으음, 뭐, 아무튼…….

"그럼 만약 9월 안에 완성하지 못하면, 두 번 다시 내 말에 토를 달지 말라고 네가 네 애인에게 다짐을 받아주겠어?"

"그 대신, 내가 마감을 지킨다면 10월 이후의 잡일은 네가 혼자서 도맡아 해."

"후후……."

"하하……."

이오리와 나는 서로를 향해 도전적인 시선과 도전적인 말을 건네면서, 씨익 웃었다.

그리고 나는 지금 바로 메인 시나리오에 착수하고 싶다는 욕구가 솟구친 나머지, 한시라도 빨리 이 가게를 나서기 위해 남아있던 커피를 단숨에 들이켰고…….

"뜨아아아아아아아아아아아~~~!"

"……."

식은 커피의 거친 식감이 느껴진 직후에 밀려온 혀를 찌르는 단맛 때문에 온몸에 경련이 일어났다.

그 후의 수사를 통해, 테이블 위에 있던 각종 시럽 통이 텅 비어 있었으며, 텅 빈 봉지설탕 또한 여섯 개나 발견되었다.

……범인은 밝혀지지 않은 걸로 해두기로 했다.

제2장

소설에서 『엄청난 그림』이라고 표현하면,
영상화 때 문제가 생깁니다.

토요일, 오전 여덟 시 반.

"차 준비 완료, 커피 준비 완료, 초콜릿 준비 완료, 모든 준비 완료!"

수분 보급, 졸음 방지, 피로 회복용 아이템을 책상 위에 배치한 나는 그것을 하나씩 손가락으로 가리키면서 확인했다.

"자, 시작하자!"

내가 이렇게 만전을 기하며 시작한 것은 이번 주 초에 9월 안에 완성하겠다고 선언한, 라스트 시나리오이자 메인 히로인 시나리오인 카노 메구리 루트의 집필이다.

그렇다. 이번에는 준비가 완벽하게 됐다…….

평일과 같은 시간대에 일어나, 아침 식사를 하며, 생활 리듬을 유지한다.

스케줄에 따라 꾸준히, 하지만 뛰어난 퀄리티를 추구한다.

피곤할 때는 휴식을, 졸릴 때는 수면을, 배가 고플 때는 식사를 한다.

페이스를 순조롭게 유지하고, 여유롭게 멋진 시나리오를 완성한다.

그것이 『자체적 사상 최고』를 추구하는 『시원찮은 히로인을 위한 육성방법(가제)』 최종 시나리오에의, 나만의 접근방식이었다.

밤낮 가리지 않고 글을 계속 쓰는 것은 페이스가 올라갔을 때만 한다.

이번만큼은 납기일이 코앞까지 다가오거나, 마감 직전인데도 진도를 거의 빼지 못하거나, 화살 같은 재촉이 한 시간 간격으로 날아오는 사태에 처하지 않을 것이다.

……다른 크리에이터들이 들으면 코웃음을 칠 법한 이상론을 늘어놓으면서 키보드를 두드리기 시작한 바로 그때……

"토~모~야~선~배애애애애애~! 같~이~놀~아~요~ 아니지! 안~녕~하~세~요오오오오~!"

"……어?"

현관 벨이 울리더니, 그 뒤를 이어 현관 입구에서 약이라도 한 듯한…… 아니, 힘찬 목소리가 2층까지 들려왔다.

"아~, 있네~. 토~모~야~선~배~, 안~녕~하—."

"아~, 그 말은 이미 들었어. 이즈미."

옆집까지 울려 퍼질 듯한…… 힘찬 목소리를 듣고 부리나케 계단을 뛰어 내려가서 현관문을 연 내 눈앞에는 눈가가 통통 부은 이즈미가 서 있었다.

"쩌끼 마리죠, 씨른, 썬빼가 꼬 빠져뜨면 하는께~."

(저기 말이조 / 실은 / 선배가 꼭 봐줬으면 하는게~)

"아~, 방금 그 말은 못 알아듣겠어. 이즈미."

후들거리는 몸으로, 헤실헤실 웃으면서, 느릿느릿 말을 잇는 이즈미는……

뭐랄까, 그거다. 밤샘 작업을 한 모습이었다.

"어째빠메 끄린 껀데…… 또모야 썬빼도, 이째 이러나쓸 꺼 같아서……."

(어젯밤에 그린 건데 / 토모야 선배 / 이제 일어났을 것)

뭐랄까, 그거다. 내 이상론을 비웃는 것처럼 보일 정도의 궁지 모드다.

"흐러니까~, 호모야 썬빼……."

"아니, 아무리 졸려도 그 발음은 자제해달라고 내가 전에 말했었잖아!"

남들이 들으면 오해하기 딱 좋은 발언을 입에 담은 후, 이즈미는 나에게 몸을 기댄 채 그대로 기절했다.

※　※　※

"……헉?!"

"아…… 이즈미. 일어났구나."

그리고 어느 정도 시간이 흐른 후……

우리 집에 오자마자 태엽이 다 풀린 인형처럼 꼼짝도 하지 않게 됐던 이즈미가 이번에는 용수철 달린 인형처럼 몸을 벌떡 일으켰다.

……왠지 섬뜩한걸.

"저, 저, 저기저기, 제가, 몇 시간이나 잔 거죠?!"

"으음~, 네 시간 정도?"

"히이이이이이익! 죄, 죄송해요~!"

침대 위에 무릎을 꿇고 앉아서 얼굴을 새빨갛게 붉힌 이즈미는 두 손의 세 손가락을 바닥에 대면서 고개를 깊이 숙였다.

……뭐, 이즈미가 당황했을 때 이런 행동을 자주 취한다는 건 알고 있었지만, 방금 그 태도와 행동은 다른 의미를^{첫날밤 새색시} 연상케 하니까 여러모로 좀 그랬다.

뭐, 이 방에서 제아무리 무방비한 행동을 취한들 그런 상황에 처하지는 않을 것이다. 이 방의 주인은 안전 안심 아키토모야(지은이 : 모 흑발 독설 작가)니까^{우타о 선배}…….

"그런데, 이즈미. 무슨 일로 나를 찾아온 거야?"

그 후, 나는 부끄러워 죽을 듯한 표정으로 미안해하는 이즈미를 10분 동안 달랬다. 그리고 이즈미가 좀 진정하자, 차분하기 그지없는 목소리로 그녀에게 찾아온 이유를 물어보았다.

"저, 저저, 저저저……."

"……아, 이즈미. 진정 좀 해."

아무래도 전혀 진정하지 못한 것 같았다.

그건 그렇고, 평소에는 눈치가 없…… 마이 페이스이고, 꽤 제멋대로에…… 주관이 또렷한 이즈미가 이렇게 흐트러진 모습을 보이다니, 신기한 일도 다 있는걸.

"저, 저기, 저기, 제가, 말이죠……."

"응……."

혹시 그녀가 이렇게 흐트러진 것은 용건도 말하지 않고 잠들어버린 것 때문이 아니라, 용건 그 자체 때문인 건…….

"요즘 들어, 그게…… 찾아오지를 않아요."

"뭐어?!"

"아, 그래도 안심하세요! 다행히 어젯밤에 그게 찾아왔거든요!"

"그랬구나! 정말 다행이야! 하지만 그건 내 탓도, 내 덕분도 아니지?!"

"아뇨! 이건 분명 토모야 선배 덕분이에요! 왜냐면, 토모야 선배가 없었다면, 제가 이런 걸 낳을 수 있을 리가 없거든요!"

"주어! 주어는 뭐야? 지시어가 아니라 구체적인 주어는 대체 어디 간 건데?!"

"……신?"

"예! 엄청난 신! 신이 찾아왔어요! 그래서 한시라도 빨리 선배가 봐줬으면 해서 이렇게 찾아온 거예요!"

으음~. 즉, 이즈미가 하고 싶었던 말은 이러한 것 같다.

『그게 찾아왔다』=『신이 강림했다』…….

덧붙여서 말하자면, 일러스트레이터 하시마 이즈미가 그 야말로 신 내린 그림을 그렸다는 소리인 것 같은데…….

"……오해할 뻔 했잖아아아아아아아~!"

"아잇! 죄송해요! 죄송해요?!"

"그것보다, 그 신 내린 그림은 대체 어디 있어?! 빨리 보여 줘!"

"그, 그게…… 말이죠."

"빨리 보여 달라고! 보여준다고 닳는 것도 아니잖아!"

"……선배, 눈빛이 무서워요."

"……미안해."

무심코 오해 살 만한 발언을 한 나는 한두 번 심호흡을 하며 마음을 진정시켰다.

하지만 몸은 정직한지, 이즈미가 새로 그린 그림이 보고 싶은 마음에 온몸이 달아올랐다.

……아, 미안. 또 오해의 소지가 있는 소리를 했네.

"저, 저기, 보여드릴게요. 보여드릴게요. 하지만……."

"하, 하지만?"

내가 의욕에 찬 반응을 보이자, 이즈미는 약간 망설이는 표정을 짓더니…….

"이 방에서 나가주지 않겠어요? 그리고 제가 됐다고 할 때까지 들어오지 말아줬으면 해요."

일전에 그녀의 집을 방문했을 때와 마찬가지로, 나를 쫓아냈다.

^{8권}

※　※　※

"어이~, 이즈미."

『아직 다 안 됐어요~! 절대 문 열지 마세요~!』

"대체 뭘 하고 있는 거야……."

그리고 15분 후…….

자기 방에서 쫓겨난 나는 문 너머로 이즈미에게 끈질기게 재촉을 하고 있었다.

그녀는 이렇게 재촉을 당하면서도, 물 위에 떠있기 위해 몰래 물장구를 치는 학의 화신처럼, 자신이 작업하는 모습을 절대 보여주지 않았다.

『아, 지금 그리고 있는 건 아니에요. 저는 그림을 그리는 속도가 빠르지 않거든요.』

뭐, 그 정도는 문 너머에서 들려오는 소리를 통해 알 수 있다.

롤러가 종이와 마찰을 하며 내는 귀에 익은 소리가 들려오고 있었던 것이다.

이건 내 방에 있는 낡은 컬러 프린터가 내는 작동음이다.

즉, 이즈미는 그림을 그리고 있는 게 아니라, 그림을 출력하고 있는 것이다.

『아앗! 종이가 걸렸어~!』

"……도와줄까?"

『아뇨, 괜찮아요! 혼자서 어떻게든 해볼게요!』

아까부터 들려오는 구동음으로 유추해볼 때, 그녀가 출력하고 있는 종이의 숫자는 두 자릿수에 접어들 것 같았다.

……신급 그림을 그 정도로 잔뜩 그린 거야?

"저기, 힌트라도 줘. 대체 어떤 그림을 그린 거야?"

『안 돼요~. 전부 비밀이에요! 아무튼, 엄청 기대하면서 기다려 주세요!』

"그 정도로 자신 있는 거야?"

『태어나서 처음으로, 제가 그린 그림에 감동했어요…… 뇌가 떨렸다고요!』

"저기, 그 말은……."

마치 누구누구 씨가 _{마츠오카 요시으구} 빙의된 것처럼, 이즈미는 격렬한 흥분을 감추지 못했다.

『그러니까, 최대한 임팩트 있게 토모야 선배에게 보여주고 싶어요.』

"이즈미……."

그녀는 내가 아는 다른 크리에이터에 비해 자기 자신을 낮게 평가했다.

동인계에 데뷔한지 2년 밖에 되지 않았으며, 본격적으로 인기를 얻기 시작한 것도 1년 전부터이니, 자부심을 가지는 것 자체가 무리일지도 모른다.

그런데도 작년에 그녀의 동인지를 처음 본 이후로, 나는 그녀가 자기 자신을 너무 낮게 평가한다는 사실에 안타까움을 느꼈다.

그렇기에, 이 지나칠 정도의 자화자찬을 허풍이라 생각할 수가 없었다.

이즈미는 오늘 분명 예전에 자신이 그린 그림을 아득히 능가하는 작품을 나에게 보여줄 것이다.

자, 플래그는 세워졌다! ……아니, 마음의 준비가 됐다.

『다 됐다!』

"그럼…… 들어가도 돼?"

『기다리게 해서 죄송해요……. 들어오세요!』

나는 숨을 크게 들이마신 후, 온몸을 기대감으로 가득 채우며, 문손잡이를 움켜쥐었다.

※　※　※

"어, 어떤가요?"

"…………."

내가 다시 방에 들어간 순간…….

역시 일전에 그녀의 집을 방문했을 때와 마찬가지로, 나는 말문이 막히고 말았다.

"저는 역시 사와무라 선배처럼 『회화(繪畵)』를 그릴 수는 없어요."

그 그림은, 내가 상상했던 『상상을 초월하는 그림』과는 달랐다.

"러프를 그리고, 데생 과정에서 생긴 지저분한 선들을 정리한 후, 스캔을 떠서, 컴퓨터로 색칠을 할 수밖에 없어요. 예술적인 터치 같은 건 잘 모르겠어요. 제가 아는, 제가 좋아하는 그림만 그릴 수 있어요."

즉, 지금까지 이즈미가 그린 그림이라는 관점에서 보자면, 상상했던 대로의 그림이다.

"하지만, 이 그림은, 사와무라 선배의 그림에게 뒤지지 않는다……고, 생각해요."

즉, 이 그림은 내 상상의 범주를 벗어나지 못했지만, 그러면서도 내가 전혀 상상하지 못한 『상상을 초월하는 그림』이었다.

내 방 침대 쪽 벽에는 프린터로 출력한 컬러 그림이 붙어 있었다.

위로는 천장에 닿을 만큼, 아래로는 침대에 닿을 만큼, 그리고 좌우로는 방구석에 닿을 만큼 말이다.

하지만…….

그렇게 넓은 면적을 차지하고 있지만, 수많은 A4용지가 쓰였지만…….

그것은, 많은 양의 종이를 규칙적으로 붙여서 만든, 한 장의, 거대한 그림, 이었다.

"좀 확대해봤어요……. 선배에게 최고의 첫인상을 안겨주고 싶었거든요."

원래 그림을 어마어마하게 확대했는데도, 정밀하기 그지없을 만큼, 이 그림의 해상도는 높았다.

이 사이즈, 그리고 이 세밀함은, 『벽화』라고까지 불렸던 에리리의 『필즈 크로니클 XⅢ』 키비주얼에 필적할 정도였다.

하지만 여기에 그려져 있는 것은 수십 명의 캐릭터들이 아니라, 단 한 명의 여자애다.

게다가, 그 여자애는…….

"에리리……?"

"그건 아직 가명이에요. 정확하게는 서브히로인1, 이죠."

쭉 다퉈왔고, 싸워왔으며, 쫓기만 했던, 숙적이었다.

게다가, 그 숙적 히로인의 전신을 세세하게, 그리고 집요하게, 풀 컬러로 그린, 이 그림은…….

"하지만 이즈미. 이건……."

"아하하…… 수정을 해야겠네요."

전라, 였다.

중요한 부분을 — 아, 가슴 말이다 — 가리고 있지도 않았다.

실오라기 하나 걸치지 않은 자신의 몸을 아낌없이, 화면 너머의 상대에게, 보여주고 있었다.

"하지만, 절반 정도는 토모야 선배 책임이거든요?"

"뭐? 나?"

영국인과의 혼혈인 그녀가 지닌 피부의 새하얀 색상이, 매끈함이, 부드러움이, 솜털까지 표현되어…… 있는 것처럼 보였다.

그 새하얀 피부는 희미하게 달아올라 있으며, 또한 옅은 땀방울이 맺혀 있었다.

수치심과 각오와 기쁨이 뒤섞인 일그러진 표정.

청초함과 순수함과 음란함이 너무나도 생생하게 표현되고 있었다.

대체, 뭘 어떻게 했기에, 내 시나리오로 이런 그림을 그린 걸까…….

"그, 그게…… 『에리리22』 시나리오를 몇 번이나 봤지만, 거기는 이런 느낌이잖아요?"

"……아~."

이벤트 번호 : 에리리22

종류 : 개별 이벤트

조건 : 에리리 루트 돌입 후에 발생

개요 : 에리리와, 첫……

9권 195페이지부터
……그 이벤트가, 이런 그림이 된 거구나.

"그 장면의 텍스트는, 좀, 아니, 엄청, 에로틱하다고요~."

"미, 미안해."

나의 중증 오타쿠적 망상을 가득가득 담아서 최대한 부
9권 199페이지까지
풀린 그 이벤트가…….

이즈미는 여러모로 문제가 많은 그 시나리오에 영향을 받은 건가.

"어떤 구도로 할지 끙끙 고민했는데…… 결국 끙끙 고민하면서 그려보니, 이렇게 되어버렸어요…….."

지금 내 눈앞에 있는 그림은 심의 등급으로 본다면 완전히 아웃이지만…….

"문제가 있다는 걸 그리면서 깨달았는데도 작업을 멈출 수 없었던 데다, 계속 그려나가다 보니 엄청난 걸작이라는 생각이 들기 시작하더라고요……."

"응…… 맞아."

하지만 이즈미가 방금 말한 것처럼, 이것은 엄청난 걸작이다.

웬만한 에로 게임…… 아니, 에로 게임의 콘솔 이식판 미소녀 게임에도, 이렇게 에로틱한 이벤트CG는 좀처럼 없다.

"이게 다 선배 탓이에요……. 저를, 이런 기분으로, 만들었잖아요."

"이런 『그림이 그리고 싶어지는』 기분으로 만들었다는 소리지?!"

이즈미는 분명 한 단계 위의 영역에 들어섰다.

에리리의 뒤만 졸졸 쫓아가는 게 아니라, 전혀 다른 방향으로 나아가서 그녀를 따라잡으려 하고 있었다.

이것은 예술과는 거리가 멀다. 하지만 엄청나다.

엄청난 해상도와 방대한 색도수가 구석구석까지 보고 싶게 만드는, 기술의 정수를 집대성한 그래픽이다.

비유를 하자면, 실물크기 베개 커버 퀄리티……?

"하지만 수정 말고도 문제가 있어요."

"뭐? 이 그림에? 어떤 문제인데?!"

"실은 이걸 그리는데 일주일이나 걸려버렸어요."

"……아~."

"그러니, 이대로 가다간 남은 그림을 전부 그리는데 몇 달은 걸릴지도……."

"밸런스를 생각하자! 중요한 부분에서만 이 퀄리티로 가는 거야! 어때?!"

참고로 말하자면, 이 정도 퀄리티의 그림을 그리는데 일주일이 걸렸다면 충분히 빠른 축에 속했다.

뭐, 이 수준의 그림을 하루 만에 아무렇지도 않게 그리는 괴물도 있지만…… 그것도 우리 반에 말이다.

하지만 그 녀석 또한 몇 달 동안 그림을 전혀 그리지 못하다 겨우 그 영역에 들어섰다.

그러니 업계 관계자 여러분은 몇몇 『년 단위로 마감을 펑크 내는 일러스트레이터』들을 따뜻하게 대해줘도 될 거라고 생각한다. 앞으로 그 사람에게 또 일을 맡길 건지는 각자의 판단에 맡기겠지만.

……뭐, 아무튼…….

"그럼 이즈미. 시작하자."

"응? 뭘 말이에요?"

"뭐긴 뭐야……. 납기와 퀄리티의 절충안을 짜는 거야!"

그렇게 선언하며 컴퓨터를 켠 나는 서클용 폴더 안에 있는 『CG리스트.xlsx』라는 파일을 펼친 다음, 힘차게 인쇄 커맨드를 눌렀고―.

"……어라?"

"죄, 죄송해요! 아까 제가 잉크를 다 써버렸어요!"

"아……."

그 후, 천천히 잉크 카트리지를 교체했다.

※　※　※

"다음 이벤트 번호는 『이즈미04』…… 합숙 이벤트에서 수영복 차림으로 비치볼을 들고 촐랑대는 구도……."

"100퍼센트! 최대 퀄리티로 그리겠어요!"

"……아직 공통 루트잖아."

"하지만 바다잖아요? 수영복 차림이라고요! 기왕 합숙까지 하면서 만든 이벤트란 말이에요."

"그래도 이건 60퍼센트로 하자……. 9월 안에 공통 루트의 그림만이라도 완성해두고 싶어."

어느새, 해가 지기 시작했다.

그런 해질녘에 불을 켜고 에어컨을 끈 다음, 창문을 통해 서늘한 바람이 들어오는 방 안에서, 테이블 위에 펼쳐놓은 『CG리스트.xlsx』와 『스케줄.xlsx』 종이에서는 붉은색 펜으로 쓴 메모가 글자들 사이의 틈을 가득 채우려는 듯이 증식하고 있었다.

"확실히 수영복 이벤트는 유저들의 눈길을 끌 거야. 하지만 이건 전체적인 이야기로 볼 때 비중이 큰 부분은 아니지."

"으음~. 그래도 대충 그리고 싶지는 않은데……."

"이즈미…… 이건 대충 그리는 게 아냐. 오히려 반대라고."

"반대……라고요?"

"신급 CG가 꼭 필요한 부분에 최대한 리소스를 모아주기 위해…… 즉, 가장 끝내주는 그림을 그리기 위해 꼭 필요한 일이야!"

"앗……!"

우리는 시나리오를 쓰지도, 그림을 그리지도 않으며, 두 장의 종이 앞에서 격렬한 논의를 하고 있었다.

"전력을 다해 모든 그림을 그리고 싶다…… 그 심정은 나도 이해해. 하지만 우리는 이 작품을, 겨울 코믹마켓에 내놔야해……. 이번에야말로 완벽하게 패키지화해서 내놓는 거야."

하지만 이 논의는 시나리오를 쓰는 것보다도, 그림을 그리는 것보다도 중요하다.

"아마 어떤 결정을 내리든 후회하게 될 거야. 역시 이러면 좋지 않았을까, 같은 생각을 하며 쭉 고민에 빠지겠지……. 그래도 우리는 결단을 내려야만 해."

"토모야 선배……"

그렇다. 지금, 우리가 하고 있는 것은 각 이벤트CG 한 장 한 장에 어느 정도의 에너지를 쏟아 붓고, 언제까지 완성할 것인지를 정하는, 시나리오라이터와 일러스트레이터의 힘겨루기다.

어쩌면 이것은 디렉터가 할 일일지도 모른다.

하지만 이렇게 중요하고, 재미있는 일을 남에게 넘기는 건 너무 아까운 짓이다.

퀼리티, 납기, 게임 전체의 완성도, 유저에게의 어필 수준, 그리고 크리에이터의 열의……

그런 다양한 요소를 고려해가며, 스케줄표에 한 장 한 장의 이벤트CG번호를 채워간다……

이것 또한, 중요한, 게임 제작이다.

"어차피 후회할 거라면…… 함께 결정하고 후회하자."

"아, 예! 알았어요!"

"이즈미, 이해해주는 구나!"

"예! 저는 선배를 영원토록 따르겠어요!"

"좋아. 그럼 다음 이벤트CG로 넘어가자!"

"얼마든지 덤벼보세요!"

"다음은 『이즈미05』…… 합숙 이벤트에서의 노천 온천 장면……."

"100퍼센트! 아뇨, 120퍼센트로 가겠어요!"

"……어이~."

이건 진짜로 중요한 거니까, 이해 좀 해달라고……

※ ※ ※

"으음~"

어느새 밤이 깊어버리고 말았다.

"으으으으음~"

이렇게 깊은 밤, 멀리서 벌레 소리가 들려오는 방 안에서 이뤄지고 있는, 우리의 스케줄 작성의 진도는 점점 느려지고 있었다.

"메구리 루트 후반의 이벤트 그림을 전부 100퍼센트로 그리면 마감을 일주일 이상 넘기고 말아요……"

"그럼 다른 이벤트 그림에 들이는 날짜를 줄이거나, 아니면 그림 숫자 자체를 줄일 수밖에 없겠어……"

"으으~, 그렇게 열심히 줄였는데, 더 줄여야 하는 거예요?"

스케줄에 짜넣어야 하는 CG가 몇 장 남았는데, 이미 일정이 가득 차버리고 말았다. 이렇게 되면 다른 부분을 줄인다는 선택지를 고를 수밖에 없다.

그렇다. 이제부터가, 이 작업에서 가장 힘든 부분이다.

이제 한 곳을 짜맞추면 다른 곳이 어긋나고 마는 퍼즐 상태가 되고 만 것이다.

"아니면, 메구리 루트의 클라이맥스 쪽 그림의 일정을 줄

일까?"

"으음…… 절대, 절대, 이 장면만큼은, 대충 그리고 싶지
않아요!"

"이즈미……."

"여기는 가장 열심히 그려야 하는 부분이잖아요……. 이
『시원찮은 히로인을 위한 육성방법(가제)』의, 진정한 테마잖
아요!"

"맞아…… 맞아!"

하지만 이 싸움은, 이 상황에 처하고 나서부터, 가장 재미
있어진다.

"저기, 선배……. 이제 와서 이런 소리를 해서 정말 죄송하
지만……."

"이제 와서 그런 소리를 할 필요 없어. 빨리 말해봐."

"……다시 한 번, 첫 그림부터 다시 일정을 짜보지 않겠어
요? 전부 다요."

"마음이 맞았는걸……. 실은 나도 그 제안을 하려던 참이
었어."

그로부터 몇 시간 동안…….

텐션이 하늘을 찌를 정도로 치솟은 우리는…….

결국, 스케줄 조정 작업을 두 번이나 다시 했다.

어쩌면 이것은 시간 낭비에 불과할지도 모르지만…….

출구가 없는 터널을 빙빙 돌고 있을 뿐일지도 모르지만…….

그런데도 우리는 갓겜의 예감으로 가슴을 가득 채운 채…….

때로는 머리를 감싸 쥐고, 때로는 울먹거리고, 때로는 함께 웃고…….

이유도 없이 하이파이브를 반복하고, 애니 주제가 메들리 대회를 벌이고, 시나리오 낭독회를 하며 난리를 치다보니…….

어느새, 막차 시간이 훌쩍 지나고 말았다…….

결국, 오늘 아침에 세웠던 『생활 리듬을 유지한다』는 룰은 하루가 채 지나기도 전에 깨졌다.

제3장

그러고 보니, 나는 에로 게임 시나리오라이터였지.

일요일, 오전 여섯 시.

"하아아아아암~."

열차 운행이 시작될 시간대에 맞춰 이즈미를 역까지 배웅하고 방으로 돌아온 나는 입에서 흘러나오려 하는 하품을 참을 수가 없었다.

이미 해가 중천에 뜬 밖과 달리, 불을 끄고 커튼을 친 덕분에 어둑어둑한 방안은 밤을 샌 내가 졸음에 굴복하기에 딱 좋은 환경이었다.

"이제 자야지……."

하루 전, 책상 앞에 등등을 꼿꼿이 세우고 앉아서 힘차게 시나리오 집필을 시작했던 나는 단 한 페이지도 진도를 빼지 못한 채 침대에 힘없이 쓰러지려 했다.

하지만 후회는 느껴지지 않았다.

나는 어제 이 차질을 메우고도 남을 정도의 극적인 성과를 손에 넣었기 때문이다.

"오후부터…… 아니, 여덟 시에 일어나서, 작업을 시작해
야지……."

뇌의 욕구에 따르며 눈을 감고, 청바지를 벗은 후, 잠옷으
로 갈아입는 것도 귀찮은 나머지 티셔츠에 사각팬티 차림으
로 침대에 쓰러졌다.

몸을 이불 속으로 집어넣자, 부드러운 온기가 피부를 통
해 느껴졌다.

"으음……."

그리고 매끈하면서 빨려들 듯한 감촉이 내 팔과 허벅지에
서 느껴졌다.

약간 눅눅한 이불은 묘하게 쾌적했으며, 왠지 평소와 다
르게 기분 좋은 향기가 났다.

"하암……."

이 기분 좋은 느낌을 피부와 코, 그리고 손가락으로 느끼
면서, 나는 깊은 잠에 빠져들었다.

"정말, 토모도 참……."

"뭐야아……."

또한, 달콤하면서 졸린 목소리와 숨결이 내 고막과 귓불
을 감쌌다.

"나, 밤샘을 했더니, 졸려 죽겠단 말이야……."

"안심하라고. 나도 마찬가지야……."

"할 거면, 한숨 잔 다음에 하자……."

"알았어……. 두 시간 후에 하자고……."

"응, 오케이……."

이윽고 활동한계에 도달한 우리는 모든 일을 두 시간 후로 미루면서 몸을 포개, 좁은 침대 안에서 뒤엉켰다.

그리고, 잠에 빠져들기 직전, 나는 몸을 꿈틀거리면서 그녀의 옷과 피부 사이에 손을 집어넣은 다음, 그곳에 존재하는 봉오리와, 봉오리의 꼭대기에 존재하는 돌기를…….

"어? 잠깐, 우와아아아아아아아아아아~~~?!"

"……으응?"

뭐가 내 정신을 바짝 들게 하는 방아쇠가 되었는지는 비밀로 하겠다. 아무튼, 엄청난 착각을 하고 있을지도 모른다는 사실을 눈치챈 나는 누운 자세 그대로 침대에서 수직으로 1미터 가량 뛰어올랐다.

뭐, 잠에 취하지 않은 분들^{현명한 독자 여러분}께서는 이미 눈치챘을 거라 생각하지만, 아무래도 어둑어둑한 내 방의 침대 안에는 나 이외의 미확인 생물이 존재하는 것 같았다.

……아, 눈치채신 분들이라면, 그 생물이 뭔지도 이미 알고 있겠지?

"미, 미미미미미미미미미미미미, 밋짱^{미치루}~!"

"시끄러워~, 토모~. 두 시간 후에 하기로 했으니까, 좀 기다려……."

"뭘 기다리라는 건데?! 우리는 대체 두 시간 후에 뭘 하는 거냐 말이야!"

"어~. 너, 이미 마음을 먹은 거 아니었어~? 그래서 내 몸을 더듬었ㅡ."

"미안한데, 완전 잠에 취해있었어! 좀 봐줘! 그리고 너도 평소와 리액션이 좀 다르다고! 아아, 정말! 아무튼 전부 다 잊어주세요! 부탁드립니다!"

으음~, 아무리 잠에 취했다고 해도, 내가 전면적으로 잘못했다는 건 논의할 여지도 없고, 반론할 여지도 없으며, 변명할 여지도 없을 것이다…….

뭐, 아무튼 나는 최악이다.

만약 상대가 서로에 대해 속속들이 잘 아는 미치루가 아니었다면, 나는 지금쯤 소녀의 순결을 더럽힌 치한으로서 마구 비난당한 끝에, 어찌된 영문인지 결투 신청을 받게 되고, 내일은 학생회가 입회인으로서 지켜보는 가운데 투기장 같은 시설에서 1대1로 싸우며, 나 자신도 몰랐던 진정한 능력을 발동시켜 승리하는 걸로 모자라, 대결 상대인 여자애의 마음까지 휘어잡았을 것이다. 음, 식은 죽 먹기군.

……저기 진심으로 반성하고 있거든? 진짜거든?

"하아아아아아~, 정말. 시끄러워 잠을 못 자겠네~."

"그 점에 대해서는 정말 미안하게 생각해. 그래도 잠을 자든, 이야기를 나누든 간에 우선 이것부터 입어."

나는 여전히 졸린 표정으로 침대 위에서 무릎을 끌어안고 앉아있는 미치루를 향해 바닥에 떨어져 있던 핫팬츠를 집어 던졌다.

그리고 나 또한 바닥에 벗어서 던져뒀던 청바지를 허둥지둥 입었다.

그런데, 서로가 티셔츠와 팬티 한 장만 걸친 채 동침을 하고 있었다니, 지금 생각해봐도……

"이야~. 그건 그렇고, 지금 생각해보니 방금 꽤 간당간당했네~."

미치루는 내가 던져준 핫팬츠를 입으면서 장난기 넘치는 웃음을 흘렸다.

"그렇게 생각한다면 이런 짓 좀 하지마, 미치루……"

"응? 어~떤~짓~?"

"알면서 물어보는 거지? 그렇지?"

미치루의 리액션은 요즘 들어 더욱 교묘해지고 있었다……

아까 해프닝 또한 예전 같았으면 프로레슬링 기술을 걸거나, 적극적으로 나서거나, 깔깔 웃음을 터뜨렸을 것이다.

하지만 이번에는 싫어하지도 않고, 적극적으로 나서지도

않았으며, 나에게 판단을 맡기는 듯한 애매한 반응을 보였다. 그 점이 나…… 아니, 일반적인 남성의 망상을 필요 이상으로 자극했다…….

게다가, 지금 핫팬츠를 입는 자세도 문제였다.

평소 같으면 영차~ 하면서 단숨에 입으면서 색기 같은 건 전혀 풍기지 않았을 것이다.

애니메이션 1기 6화의 우타하 선배가 스타킹을 신는 장면을 흉내 내는 것만 같다

하지만 방금은 한쪽 다리씩 천천히 집어넣은 다음, 두 무릎을 마주 대며, 나를 향해 발끝을 내밀고 있었다. 마치 이미 거사를 치르기라도 한 것처럼…….

"어때? 에로틱해?"

"역시 다 알면서 이러는 거냐?!"

"아하하하~."

게다가 저 미소도 평소의 털털한 느낌이 아니라, 약간 나른하면서도 나를 유혹하는 느낌이 감돌고 있었다.

아무래도 미치루는…… 지금 무언가에 눈뜨려 하고 있는 듯한 느낌이 들었다.

그게 본인의 매력에, 내 정신위생에, 작품의 심의등급에 어떤 영향을 끼칠지는 앞으로의 추이를 지켜봐야만 알 수 있으리라.

　　　　　　※　※　※

"······신곡?"

"그래. 끝내주는 신곡! mitchie가 새로운 경지에 들어선 느낌이랄까? 그래서 한시라도 빨리 토모에게······."

"아, 응. 그랬구나······."

미치루는 평소에 내 방에 왔을 때처럼 침대 가장자리에 걸터앉더니, 기타의 튜닝을 하면서 자신이 이곳에 온 목적을 이야기하기 시작했다.

"저기~, 반응이 왜 그렇게 밋밋한 건데? 네가 좋아할 줄 알고 첫 열차를 타고 왔단 말이야."

"아, 저기, 미안······."

그 보고는 우리 서클에 있어서는 좋은 소식이며, 미치루의 새로운 경지라는 것도 매우 기대가 되었다.

시나리오가 막바지를 향해 치닫고 있는 시점에서 가지고 온 곡이라면, 클라이맥스 장면에 맞춘, 이 작품의 평가 그 자체를 결정할지도 모르는 중요한 BGM일 가능성이 큰 것이다.

······하지만, 시기가 너무 나쁜 탓에 ^{이즈미가 이미 비슷한 짓을 했다} 내 반응은 미적지근할 수밖에 없었다.

뭐랄까, 신선한 맛이 없다고나 할까, 구성적 측면에서 지나치게 편의주의적이라고나 할까······.

"으음~, 왠지 분하네……. 나만 괜히 어젯밤에 텐션이 치솟았던 것 같잖아."

"아, 미안해. 그래도 진짜 기대돼. 꼭 들려줘."

"흥. 이런 태도를 취한 걸 후회하게 만들어주겠어……."

삐치기는 했지만 의욕을 잃지 않은 미치루는 볼을 두 번 정도 두드리며 기합을 넣은 후, 기타 현에 손가락을 댔다.

"예언 하나 할게…… 이 곡을 들은 후, 너는 내 가슴에 얼굴을 묻은 채 엉엉 울게 될 거야……."

"……허들이 너무 높은걸~."

그리고 그런 힘찬 선언과 함께, 미치루가 자아내는 음색이 방 안을 가득 채웠다.

※　※　※

"……어때?"

"……크으."

3분 후…….

방 안에서 미치루의 소리가 사라지고, 그녀가 나를 다시 쳐다본 순간…….

이번에는 내 힘찬 박수 소리가 방 안을 가득 채웠다.

"대단해! 끝내줘! 진짜로 새로운 경지에 들어섰구나!"

"그래?"

"응! 눈물 날 뻔 했어! 엄청 안타까운 노래네!"

"……흐음."

나는 미치루의 신곡…… 아니, 신곡(神曲)에 엄청난 찬사를 보내면서 손등으로 눈가를 훔쳤다.

그것은 신작 게임을 위해 미치루가 지금까지 만들어낸 곡과는 차원이 달랐다. 그야말로 클라이맥스를 화려하게 꾸며주기에 충분한 작품이었다.

지금까지도 즐거운 일상을 꾸며주는 상큼한 곡, 무심코 웃음을 터뜨릴 만큼 코믹한 곡, 두 사람의 사랑을 무심코 응원하게 되는 애절한 곡 같은 걸작을 만들어왔지만, 이 곡은 그런 곡들과는 완전히 차원이 달랐다.

방금 미치루가 연주한 것은 발라드 느낌의 곡이었다.

지금까지의 곡이 상큼하거나 밝거나 달콤한 경향이었던 것과 다르게, 이 곡은 안타깝고 괴롭지만, 그것을 감싸 안는 상냥함이 희미하게 느껴졌다. 그리고 그 상냥함이 듣는 이의 가슴을 도려냈다.

하지만 그것은 이 곡이 단독으로 이뤄낸 공적이 아닐지도 모른다.

지금까지의 밝은 곡이 쌓이고 쌓여서, 이 곡의 이질적인 느낌을 돋보이게 했고, 전체적인 균형 속에서 임팩트를 자아낸 것일지도 모른다.

그렇다면, 그것은 처음부터 전체적인 곡의 구성을 계획한 사람의 공적…… 작곡자인 미치루, 혹은 디렉터인 이오리의 공일 것이다.

……내 부족한 어휘를 쥐어짜더라도, 이 곡이 얼마나 뛰어난지 잘 표현하지 못할지도 모른다.

이 곡만큼은 직접 들어봐야만 그 매력을 알 수 있을지도 모른다.

"정말 기대되는걸. 이걸 어느 장면에서 쓰지?"

영감에 자극을 받은 내가 또 디렉터가 처리해야 할 일을 멋대로 처리해 버리기 위해 상상의 나래를 펼치기 시작했다.

이렇게 엄청난 곡을 손에 넣자, 내가 직접 이 곡이 쓰일 부분을 정하고 싶다는, 시나리오라이터로서의 욕망이 샘솟기 시작했다.

"……뭐, 이럴 거라는 건 예상했어."

"응? 뭘 말이야?"

내가 그런 식으로 멋대로 상상하고 있을 때…….

미치루가 차갑디 차가운 표정으로 나를 응시했다.

"토모가 울지 않았다는 거."

"아……."

나는 그 지적을 듣고, 눈가를 손으로 만져봤다.

아까 흘렸던 감동의 이슬은 그 흔적조차 남아있지 않았다.

그것은 미치루가 아까 제시한 승부에서 내가 이겼다는 것을 뜻했다.

"아, 내가 졌어. 엄청 감동했다고! 진짜야!"

하지만 이렇게 마음이 감동한 이상, 승리 선언 같은 것에는 의미가 없었다.

"아니, 엉엉 울게 만들지 못한다면 의미가 없어."

하지만 미치루는 나의 기권을 용납하지 않으려는 것 같았다.

그녀는 핫팬츠 호주머니에서 뭔가를 꺼내더니, 나를 향해 그것을 내밀었다.

"지금부터, 마법을 보여줄게."

"미치루······?"

그녀가 들고 있는 것은 다름 아닌 USB메모리였다.

"진정한 이곡은, 이 안에 있어······."

※　※　※

USB메모리를 테이블 위에 있는 노트북 컴퓨터에 꽂은 후, 메모리 안의 폴더를 열었다.

그리고 나는 폴더 안에 있는 파일들을 보자마자 미치루의 의도를 이해했다. 그리고 『siwon-geunyeo.exe』라는 파일을 더블 클릭했다.

그것은 우리 『blessing software』 멤버들에게 있어서 암호…… 신작 게임 『시원찮은 히로인을 위한 육성방법(가제)』
의 기동 파일 명칭인 것이다.

【우타하】「끝났네.」

【주인공】「응.」

회의를 끝내고 빌딩을 나서자, 상쾌한 바람에 우타하 선배
의 검은 머리카락이 흩날렸다.

그 바람 덕분일까, 그녀의 표정 또한 최근 며칠 동안 보지
못했던 상쾌함…… 아니, 활력으로 가득 차 있었다.

"아……."
"……."
하지만 그 파일을 기동시키자 나온 화면은 내 예상과는
조금 달랐다.
그것은 게임의 오프닝 화면……이 아니라, 이벤트 장면이
었던 것이다.
게다가 그 이벤트 장면은 바로…….
"이게 어떻게 된……."
지난 달, 우타하 선배 본인이 테스트 플레이를 했던 『우타

하 선배(가명) 시나리오』의 라스트 이벤트다.

"뭐, 좀 더 진행해봐."

내가 의아한 표정을 짓자, 어느새 내 옆으로 바짝 다가앉은 미치루가 도발적인 눈빛으로 나를 쳐다보았다.

하지만 이 도발의 의미를 이해하지 못한 나는 그저 두근거리는 가슴을 안은 채 마우스를 클릭하며 게임을 진행했다.

그 순간, 내 놀람과 의문은 다른 방향으로 유도되었다.

결론부터 말하자면, 『순정 헥토파스칼』의 2권 플롯은 통과됐다.

하지만, 『3권으로 조기 완결』이라는 방침에 관한 결론은 유보됐다.

……2권의 첫 주 매상을 보고 판단을 내린다는 조건으로 말이다.

뭐, 매상을 통해 정한다는 것은 출판사 측에 있어 당연한 대응일 것이다.

하지만 이 합의를 쟁취하기 위해 우리는 고전해야만 했다.

왜냐하면, 우리는 편집장의 방침을 전면적으로 거역했던 것이다.

우리가 제출한 새로운 플롯에는 그녀의 의향이 전혀 반영되지 않았다.

"어이…… 잠깐만 있어봐."

"태클 좀 그만 걸고, 게임이나 계속 진행해~."

태클을 걸 수밖에 없잖아…….

"왜 네가 이걸 가지고 있는 건데……?"

"응~? 그게 무슨 소리이려나~?"

화면에 표시된 텍스트는 분명 내가 쓴 시나리오였다.

하지만 내가 게임에 집어넣은 시나리오가 아니었다.

"내가 분명, 폐기했는데……."

이것은 『카스미가오카 우타하(가명) 시나리오』의 초벌 원고다.

순애 미소녀 게임답지 않게, 씁쓸하고, 쓸쓸한…….

내가 아는, 『진짜 카스미가오카 우타하』의 고결한 선택을 그린, 시나리오인 것이다.

【주인공】「아무튼, 플롯은 통과했어. ……여기서부터는 작가의 영역이지? 카스미 선생님.」

【우타하】「응, 알아……. 이제부터는 글을 쓰는 것도, 싸우

는 것도, 내가 하겠어. 내가, 내 실력과, 내 노력으로, 어떻게든 해내겠어.」

2주 동안…… 플롯을 다시 짜는 것보다 우리가 더 진지하게 이야기한 것은, 따로 있다.

……그것은 바로, 카스미 우타코와 나, 〈주인공〉의 관계다.

사실 편집장이 말을 꺼내기 전부터, 나는 그녀와 논의 끝에 아르바이트를 관두기로 결심했었다.

"어, 어이, 미치루……."
"……."
미치루는 이제 내 질문에 답하지 않았다.
"이것에, 어떤 의미가 있는데?"
"……."
그저, 내 옆에서 나와 같은 방향…… 화면만을, 뚫어져라 쳐다보고 있었다.
그것은 내가 지금 취하는 행동이 올바르다는 증거다.
이렇게 마우스를 계속 클릭하는 것만을, 나에게 요구하고 있다는 증거인 것이다.
"계속 플레이해야만, 하는 거야?"

"……."

하지만 그것은 내 생각과는 미묘하게 달랐다.

왜냐하면 이 앞에는 읽는 것조차도 힘든 전개가…….

마음 가는 대로 휘갈겨 쓴 후 자화자찬을 했지만, 격렬하게 후회하며, 결국 포기한 전개가…….

【우타하】「그러니까, 너는…… 너의 길을, 열심히 나아가도록 해.」

"윽~~~?!"

그 순간, 내가 받은 충격은…….

말만으로는 절대 전할 수 없을 것이다.

우타하 선배(가명)가 작별 인사를 입에 담은, 바로 그 순간…….

방금 들었던 것과 완벽하게 동일한 곡이, 그 애절한 기타 선율이…….

그 대사가 화면에 표시되는 바로 그 타이밍에, 흘러나오기 시작한 것이다.

【주인공】「응……. 언젠가 반드시, 카스미 우타코를 넘어서고 말겠어.」

그 논의를 통해, 우리는 맹세했다.

나는 더 이상 그녀의 곁에 『있기만 하는』 인간이 되지 않겠다고…….

그리고 그녀는, 더 이상 나에게 의존하지 않기로…….

이제까지와 마찬가지로, 자신의 실력으로, 자신만의 미래를 개척하기로 말이다.

"아, 아, 아……."

마우스를 쥔 손이, 떨리는 게 느껴졌다.

이 텍스트가 자아낸 시나리오와 애절하고 괴로우며 상냥한 선율이, 유기적으로 뒤엉키며 내 몸과 마음을 물들였다.

이건, 위험하다. 너무 위험해…….

이대로 게임을 진행했다간, 나는 도달하고 만다.

텍스트만으로는 도달하지 못했던 경지에…….

음악만으로는 도달하지 못했던 장소에…….

하지만 내 의지로는 손의 움직임을 막을 수가 없다.

손의 떨림도, 마우스를 클릭하는 것도…….

그리고, 마법이 발동됐다…….

【주인공】「그러니까, 우타하 선배도, 힘내…….」

【우타하】「응…….」

"흐흑……."
　기타 선율과 주인공의 격려와 히로인의 결의가 세 발의 화살이 되어 내 감정을 꿰뚫고, 내 눈물샘을 파괴했다.
　"으, 으흑, 으으, 으, 아……."
　"좋……았어!"
　옆에 있던 미치루가 승리의 함성을 질렀다.
　"시……끄러, 워……."
　환희에 찬 미치루에게 한 마디 쏘아붙여주고 싶지만, 나는, 그녀를 제대로 쳐다볼 수도 없었다.
　내 시야가 뿌옇게 변하더니 그녀가 있는 곳조차 알 수가 없었다.

【주인공】「필사적으로 힘내. 지더라도 또 힘내. 마음이 꺾이더라도 내일 다시 힘내.」

【우타하】「힘낼게.」

　나는, 그녀를 항상 응원할 것이다. 계속 응원할 것이다.

하지만 그녀의 버팀목으로서만 존재하는 것은, 관뒀다.

나는, 앞으로 나 자신의 버팀목이 될 것이다.
제2의 카스미 우타코가, 나 자신이, 되고 말겠다.

【주인공】「힘내…… 힘내, 힘내, 힘내!」

【우타하】「으…… 응! 응!」

"으, 크, 으윽…… 흐흑……."
"BGM이라는 건 정말 엄청나지?"
미치루는 내 귓가에 숨결을 토하듯 속삭였다.
"게임 속의 감동적인 장면에서 흘러나오면, 완전 끝내주지?"
시끄러울 정도로 울어대고 있는데도 그녀의 목소리가 그
감촉이 내 귀에 전해진다는 사실이 너무 분했다.
"앞으로 토모는 이 곡을 들을 때마다, 이 장면을 떠올리
면서 울음을 터뜨릴 거야……. 전철 안에서도, 길을 걷다가
도, 그 어디서라도 말이야."
4권 222페이지에서
그 말은 1년 전에 내가 미치루에게 했던 말이다…….
"나는 그런 곡을 만들었어……. 너를, 그리고 모든 사람들
을 울릴 수 있는, 최고의 한 곡을."
이 녀석은, 나의 명대사를 베꼈다.

"그건, 대사와 음악의 콜라보로만 이뤄낼 수 있는 기적 이야."

하지만, 그런 저속한 표절이 지금은 너무나도 무서웠다.

"바, 바보야……."

"그렇게 생각해?"

대사와 음악만으로 이렇게 엄청나잖아.

완성판에서는, 이즈미의 이벤트CG까지 들어갈 거라고.

"나는, 바보야……. 자기 시나리오를 보고 울음을 터뜨렸잖아……."

이래서야…… 나는, 이제, 다시 일어설 수 없을지도 모른다고.

"……후훗."

내가 그런 공포에 사로잡힌 채, 겨우겨우 그런 푸념을 늘어놓자…….

미치루는 여유와 자애로 가득 찬 미소를 지으며, 내 말을 흘려들었다.

이렇게 되면, 내 감정은 저 미소의 원천으로 향할 수밖에 없다.

"자아, 토모……."

미치루는 울고 있는 내 어깨를 잡더니, 내 몸을 자신 쪽으로 돌렸다.

내가 필사적으로 고개를 돌리자, 그녀는 내 정면으로 이동하더니, 내 눈동자를 지그시 쳐다보았다.

……눈물로 범벅이 된 볼품없는 눈동자를 말이다.

『이 곡을 들은 후, 너는 내 가슴에 얼굴을 묻은 채 엉엉 울게 될 거야.』

드디어, 미치루가 승리하는 순간이 코앞까지 다가왔다.

남은 것은 순순히 달콤한 패배에 몸을 맡기는 것뿐이다.

힘을 빼고 마음을 열어 저 따뜻하고 부드러운 가슴에…….

"……그 전에 이것만 가르쳐줘, 미치루."

"뭐 말이야? 토모."

"이 폐기한 시나리오를 대체 어떻게 손에 넣은 거야? 누가 이 스크립트를 만든 건데?"

"……아~."

"이건 중요한 질문이야. 미치루. ……그걸 모르면, 나는……."

"아니, 뭐, 그야 카토에게 도움을 받아서……."

"역시 메구미도 오늘 일을 파악하고 있었던 거냐! 좋아, 이걸로 끝! 고마워, 미치루! 정말 멋진 곡이었어~!"

"……쳇."

내가 그 말을 듣고 몸을 뒤로 빼자, 미치루가 철저하게 숨기고 있던 육식짐승의 눈빛이 한순간 번뜩였다.

제4장

스스럼이 없다고 해서 친밀한 관계가 되었다고
생각하지 않는 편이 좋다.

"여어……."

"토모야 군?"

월요일 아침. 학교 근처의 개찰구.

플랫폼에서 역 출구로 향하고 있는 같은 교복 차림의 학생들 사이에서, 전혀 눈에 띄지 않는 여학생을 찾아내는 것은…… 요즘 들어 꽤 쉬워졌다.

그것은 그녀의 외모가 엄청 눈에 띄게 되었기 때문인지, 아니면 그녀에 대한 내 인상이 바뀌었기 때문인지는 알 수 없지만 말이다.

"흐음, 별일이 다 있네. 토모야 군이 나를 기다리고 있다니, 우리 관계가 친구들에게 소문나는 게 부끄럽지 않게 된 거야?"

"미안하지만, 지금은 그런 두근거리는 대화를 나눌 기분이 아냐."

"그래?"

그런 인상의 변화에 따라 서로의 우호도가 순조롭게 상승한 우리는 서로를 이름으로 부르게 됐다. 그러니 친구들에게 소문나는 걸 신경 쓰는 레벨은 옛날 옛적에 지나간 것이다.

"저기, 메구미…… 나, 지금 진짜로 화났어."

그러니 지금은 우리 사이에 생겨난 폭탄을 어떻게 처리할 것인지를 가지고 고심할 때다.

7권 144페이지에서

"반 년 쯤 전에 메구미가 말했었지? ……동료 사이에서는 보고하고, 연락하고, 상의하는 게 상식이라고 말이야."

"아~, 내가 그런 말을 했었어~?"

"하지만 너는 그 말을 지키고 있다고 생각해? 나와 상의도 하지 않고, 멋대로 판단을 내렸잖아……."

"으음~, 무슨 소리를 하는 건지 모르겠네~."

"내가 폐기한 시나리오를 말하는 거야! 네가 그걸 미치루에게 보여줬지?! 그뿐만 아니라 멋대로 스크립트를 짜서 게임에 넣었잖아!"

"아니, 그건, 뭐, 효도 양에게 보고하고, 연락하고, 상의하는 게 상식적인 행동이라고 판단해서 그랬을 뿐이야~."

"그건 궤변이야! 심히 유감스러운 발언이라고!"

내가 폭탄이 터지지 않도록 대화로 사태를 해결하려고 하는데, 당사자인 메구미는 성의가 없다고나 할까, 진지하게 대응하는 것 자체가 귀찮다는 듯한 태도를 취했다. 예전의 『카토』를 방불케 하는 무덤덤함으로 받아친 것이다.

설마 나한테 말싸움으로 이길 수 있을 거라고 생각하는 걸까?

"그건 그렇고, 그 이벤트를 플레이해봤지?"

"잠깐, 지금은 그런 이야기를……."

"울었어?"

"……할 때가 아니라고 생각하거든?!"

……여유롭게 이길 수 있을 거라고 생각하는 것 같네.

"나, 실은 테스트 플레이를 하면서 울었어……. 토모야 군의 시나리오와, 효도 양의 BGM 콤비를 접하고 말이야."

"그…… 그랬구나."

"그런데 어떤 식으로 울었어? 역시 효도 양의 공약대로 그녀의 가슴……."

"안 울었거든?! 적어도 거기에 얼굴을 묻고 울지는 않았다고!"

애초부터 질 거라는 생각 자체를 전혀 하지 않는 것 같네…….

"그런데, 진짜로 그 시나리오를 폐기할 거야?"

"그래!"

"하지만 그렇게 잘 만들어졌는데……. 나도 진심으로 울었단 말이야."

"윽…… 하, 하지만 이번 게임은 최루 게임도, 우울 게임도 아냐! 모에 게임이라고!"

메구미는 완승을 거두고 기분이 좋아졌는지, 이번에는 내가 언급한…… 아니, 내가 언급하고 싶지 않은 시나리오를 일부러 거론했다.

이렇게 될 줄 알았으면, 그 시나리오는 내 가슴 안에만 담아둘 걸 그랬다.

별생각 없이 서클의 공유 서버에 올려버린 한 달 전의 나를 두들겨 패주고 싶다.

"하지만 선택 미스를 했을 때나 1회차 강제 배드 엔딩으로서 남겨둔다든가…… 조금은 독을 섞어두는 편이 멀티 엔딩 게임으로서의 재미가 살 거라고 생각해."

"하지만 그 시나리오는 모에 게임으로서는 룰 위반이야. 순수한 모에 게임 유저는 그걸 플레이하고 분명 상처 입을 거라고!"

그렇다. 바로 나처럼 말이다.

자기가 써놓고 이런 말을 하는 것도 좀 그렇지만, 나는 그 시나리오를 두 번 다시 플레이하지 못하게 됐다.

원래부터 시나리오가 암울한데다, 모델이 된 사람에게 현실에서 들었던 말, 그리고 미치루가 만든 안타까운 멜로디가 합쳐지면서, 그 장면을 보기만 해도 마음이 절반 정도 꺾여버린 듯한 아픔을 느끼게 되었다.

"하지만 토모야 군은 1년 전쯤에 말했지? 미소녀 게임에는 『룰에 얽매이지 않는다』는 룰이 있다고 말이야."

5권 190페이지에서

"말 안 했거든?! 적어도 메구미한테는 말한 적 없거든?!"

그리고 이제 와서 이런 말씀을 드리는 것도 좀 그렇지만, 이번 권은 이전에 나온 책들을 뒤져보면서 읽어볼 것을 권합니다.

※　※　※

"으음……."

그리고 평소와 마찬가지로 학교 묘사를 생략하기로 하고, 시간이 흘러 귀가 후의 해질녘.

책상 위의 컴퓨터 디스플레이에 표시되어 있는 것은 『메구리15.txt』라는 이름의 신규 텍스트파일이 자아내고 있는 눈부실 정도로 새하얀 화면이다.

……그러고 보니, 만전의 준비를 마치고 「자, 시작하자!」 하고 외치며 기합을 넣었던 건 대체 며칠 전 일이었더라…….

뭐, 주말에 작업을 하지 못한 것은 전에도 말했다시피 딱히 문제가 되지 않는다.

그 동안 신급 그림과 신급 BGM을 손에 넣은 덕분에 우리가 만드는 신작 게임의 퀄리티는 더욱 좋아졌으며, 그에 따라 내 열의 또한 상승한 것이다.

오히려 문제는 주말에 작업을 하지 못한 게 아니라, 이렇게 책상 앞에 앉고 한 시간 넘게 지났는데도, 단 한 줄도 쓰지 못했다는 점이다…….

"으으으음……."

컨디션은, 잠이 좀 부족하다는 점을 빼면 매우 양호하다.

머릿속 또한 수업 시간에 자서…… 뇌가 휴식을 취하게 해준 덕분에 잘 굴러가고 있었다.

그런데, 『그 날은 아침부터 비가 내렸다』 정도로도 문제가 없을, 첫 줄조차 쓰지 못하고 있었다.

이벤트 번호 『메구리15』는 공통 루트를 마치고, 메구리의 개별 루트가 시작되는, 제2부의 프롤로그 같은 이벤트다.

즉, 메구리라는 히로인이 본격적으로 연애 대상이 되는 중요 이벤트인 것이다.

그러니, 다른 시나리오를 쓸 때보다 기합을 넣고 쓸 필요가 있다.

그런데도…….

"으음~, 으음~, 으음……휴식~."

결국 한 시간 동안 책상 앞에서 머리를 꿍꿍 싸맸지만, 『아무런 성과도 얻지 못했습니닷!』 상태로 침대에 쓰러졌다.

……참고로 내 경험에 비춰볼 때, 책상과 침대와 인터넷의 삼각무역을 한다는 것은 매우 위험한 패턴이다.

『잠시 휴식』, 『잠시 조사』 같은 악마의 면죄부에 유혹을 당하다보니, 어느새 두세 시간 정도는 훌쩍 경과하면서, 작업량이 극적으로 줄어든다고 하는, (시간) 소모전이다.

게다가, 이 소모전을 피하기 위해 침대와 인터넷에서 허둥지둥 이탈하며 책상 앞에 앉더라도, 결국 일이 손에 잡히지 않으면서 「아~ 역시 충분히 휴식을 취하는 편이 좋았을 것 같네~」 같은 변명을 늘어놓은 끝에, 삼각무역이 더욱 활성화된다는 통계가 존재한다.

뭐, 그런고로 한동안 책상에 돌아가는 것을 포기한 나는 침대에 드러누운 채 바지 호주머니에 들어있던 스마트폰을 꺼냈다.

사실 그것은 오늘 아침에 이런저런 일이 있었던 탓에 현재 가장 쓰고 싶지 않은 기분전환법이다.

하지만, 상황이 상황인 만큼…….

"……어라?"

메구미 『작업 중?』

마음속으로 떠올리고 있던 다양한 변명을 전부 날려버리는 메시지가 스마트폰 화면에 표시되었다.

수신 시각은 약 5분 전…… 글이 써지지 않는다는 고민 때문에 끙끙 앓느라 메시지가 온 것도 눈치채지 못한 것 같았다.

　뭐, 집필에 너무 열중한 바람에 메시지가 온 것을 눈치채지 못했다, 같은 이유였으면 더 좋았겠지만…….

토모야 『지금은 휴식 중. 무슨 일이야?』
메구미 『아～, 전혀, 눈곱만큼도, 중요하지 않은 일이지만.』
메구미 『오늘 아침 일에 관해 한 마디 해둘까 해서 말이야.』
토모야 『……성의 넘치는 사과를 해줘서 고마워.』
토모야 『이렇게 말할 것 같아?!』

　짧은 대화문이 스마트폰 화면을 채워갔다.

　통화를 하는 편이 나을지도 모른다는 생각도 들었지만, 메시지가 통화보다 싼 데다, 나는 시간이 아깝다는 생각이 전혀 들지 않았다.

　게다가 지금은…… 아주 조금이지만, 직접 대화를 하는 건 좀 거북하지 않을까 생각도 없지는…….

메구미 『뭐～.』
메구미 『시나리오라이터가 폐기했으니, 그건 이 세상에 존재하지 않는 거야.』

메구미『그러니까, 서브 디렉터로서는 그걸 게임에 넣자는 소리를 더 이상 안 할게.』

메구미『미안해.』

토모야『응.』

메구미『하지만, 이미 봤으니까 감상만을 밝혀둘게.』

메구미『그건 정말 좋은 시나리오였어.』

토모야『땡큐.』

문장으로는 전해지지 않는 뉘앙스가 있다.

상대의 얼굴도 보이지 않고, 목소리도 들리지 않으니, 그 너머에 존재하는 감정에 도달할 수 없는 것이다.

하지만, 문장만을 주고받기 때문에, 솔직해질 수 있을 때도 있다.

입으로는 전할 수 없지만, 손가락으로는 전할 수 있는 것도 있다.

메구미『그럼, 오늘 아침 일은 이걸로 마무리된 걸로 알게.』

메구미『수고했어~.』

토모야『아니, 그래도 이 말은 해야겠어.』

메구미『으~.』

토모야『메구미 너, 오늘 아침에 너무 눈치 없게 행동했었잖아.』

그리고 그 중에는 긍정적인 것만이 아니라, 부정적인 것도 존재한다.

메구미 『아~, 그건 말이야. 좋은 작품을 만들고 싶다는 뜨거운 열망 때문이야.』

메구미 『그리고 서클을 위한다는 건, 토모야 군을 위하는 거기도 하다고나 할까.』

토모야 『그래도 나는 그런 너를 보고 기분이 나빴어.』

메구미 『……그래?』

토모야 『응.』

메구미 『그럼 평소의 토모야 군에 비교하자면, 얼마나 눈치가 없었는데?』

토모야 『글쎄, 절반 정도?』

메구미 『에이, 그건 좀 말도 안 되지 않아?』

토모야 『그럼 4분의 1?』

메구미 『으음…….』

토모야 『……1할 정도?』

메구미 『우와, 기분 나빠질 만도 하네.』

메구미 『반성할게요.』

토모야 『어이!』

토모야 『방금 사과하는 척 하면서 나를 디스했지?!』

우리는 그런 식으로 별것 아닌 응어리를, 뉘앙스가 전해지지 않는 문장을 통해 사과를 하거나 놀리면서 풀어나갔다.

하지만, 그런 사소한 대화를 통해 느닷없이 실감하게 되기도 한다.

메구미 『뭐, 농담은 그만 하기로 하고.』

토모야 『전혀 농담처럼 들리지 않는데 말이지요.』

메구미 『절반은 사과하겠지만, 절반은 사과하지 않을 거야.』

토모야 『그게 무슨 소리야?』

이게 바로 서로가 가까워진다는 것일까…….

예전 같았으면 전혀 개의치 않았을 엇갈림이, 지금은 묘하게 신경쓰였다.

웃으며 흘려 넘겼을 말이, 뇌리에서 사라지지 않았다.

그건 나만이 아니라, 아마 상대방도…….

메구미 『앞으로도, 싫은 구석을 보여줄 거야.』

메구미 『토모야 군이니까, 보여줄 거야.』

토모야 『……알았어.』

메구미 『잘 자.』

토모야 『잘 자.』

그 사실을 증명하듯 메구미는 마지막에 우리 사이의 거리를 단숨에 좁혔다.

……그런가 싶더니, 그 다음에 바로 대화를 끝냈다.

부끄러워하는 걸까, 화가 난 걸까, 평소와 다름없는 걸까…… 역시 문장으로는 뉘앙스를 파악할 수 없다.

뭐, 그래도, 나는 아까보다 마음이 가벼워졌다.

그러니, 상대방도 나와 마찬가지로 마음이 가벼워졌으면 좋겠다고 생각했다.

"그럼…… 시작해볼까!"

스마트폰을 호주머니에 넣은 후, 반동을 주면서 몸을 일으킨 나는 그대로 책상으로 향했다.

아마 내 컨디션 난조의 원인이었던, 메구미와의…… 아니, 메인 히로인과의 조그마한 응어리가 흔적도 남기지 않고 사라졌다.

그 뿐만 아니라, 방금 나눈 화해의 대화를 메구리 시나리오의 이벤트로서 플롯에 추가했다.

그러니, 남은 것은 열심히 글을 쓰는 일뿐이다.

나는 아직 저녁을 먹지 않았다는 사실을 잊은 채, 그저 키보드를 두드리는 데만 몰두했다.

그리고 그로부터 닷새 후인 주말…….

『시원찮은 히로인을 위한 육성방법(가제)』 최종 시나리오 『카노 메구리 루트』는······.

여전히, 찬란히 빛나는 백지 상태였다.

제5장

슬럼프에 빠진 사람에 대한 묘사는 왜 이렇게 술술 써지는 걸까.

"열의는 있어. 아니, 평소보다 훨씬 많아."

토요일 낮, 집 근처에 있는 탐정 언덕.

나는 그 언덕의 꼭대기 근처에 있는 코인 주차장 울타리에 걸터앉은 후, 밤을 새서 침침한 눈을 비비며 구구절절한 푸념을 늘어놓았다.

내가 히로인 공략 루트 선택 때문에 고민하고 있는 얼간이 주인공 같은 휴일을 만끽하고 있는 것에는 이유가 있었다. 그건 바로…….

"그런데, 왜 쓸 수가 없는 거야……."

바로 앞 페이지 마지막 줄에서
뭐, 좀 전에 상황설명을 했으니, 알고 있겠지?

"나도, 그때에 비해 조금은 성장했다고 생각하는데……."

그때…… 그것은 바로 1년 하고 반 년 전의 일이다.

아직 소비형 오타쿠에 불과했던 내가 느닷없이 게임 제작을 하겠다고 나섰다가, 순식간에 암초에 부딪쳤던 작년 5월.

그렇다. 당시의 나는 이 언덕에서 가족과 여행을 간 홋카이도에서, 아무런 보답도 원하지 않으며, 그저 나를 응원하기 위해 달려온 천사(당시)와 만났기 때문에, 크리에이터의 길을 나아갈 수 있었다.

그리고 또 슬럼프에 빠진 현재, 그 효험을 다시 한 번 맛보기 위해 이곳에 와봤지만, 운명의 천사(그러니까 당시)는 다시 나타나주지 않았다.

그 대신, 지금 이 자리에 있는 이는…….

"뭐, 이거라도 먹고 힘내. 토모야 군."

내 옆에는 만두를 먹으며 나에게 그걸 나눠주고 있는 동성 친구가 있었다.
_{이오리}

그러고 보니 1년 반 전에는 홋카이도 여행선물인 마르세이 버터샌드였다.

내가, 무심코 먹을 것에 대해서까지 푸념을 늘어놓으려고 한 순간…….

"어라. 이거, 맛있네……."

하지만 팥앙금의 깔끔한 단맛과 겉면의 쫄깃함을 느낀 나는 못난 생각을 했다는 사실을 깊이 반성했다. 어디까지나 과자에 대해서만 말이다.

"나고야 역에서 파는 밀기울 만두야. 어제 오래간만에 중학교 시절 친구를 만나러 갔다가 방금 돌아왔어."

"흐음, 이건 나고야 명물이구나……."

"나고야 명물이라기에는 좀 마이너할지도 몰라. 그래도 지금까지 내가 권해서 먹어본 사람 전원이 호평을 했을 정도로 반응이 좋은 상품이지."

이오리의 말대로, 맛만이 아니라 담백함과 부드러움 덕분에 순식간에 세 개나 먹어치웠다.

"뭐, 나고야의 대표적 명물하면 우선 병아리 모양 푸딩인 『피요링』일 거야. 이건 옛날에 존재했던 범고래 모양 슈크림 『샤치봉』의 흐름을 잇는 전통적인 나고야 과자지. 그리고 나고야 『스러움』을 추구한다면 반카쿠의 『유카리 황금캔』. 나고야 역에서만 파는 눈부신 패키지에, 안에는 새우 향이 물씬 나는 새우 전병이 들어 있어. 악취미스러움과 새우, 나고야의 소울이라고 하는 그 두 가지가 잔뜩 담긴 걸작이지. 그러고 보니 나고야 명물이랍시고 아카후쿠라는 가게의 팥앙금떡과 장어 파이를 추천하는 사람도 있는데, 그것들은 이세와 하마나 호수의 명물이지, 나고야의 명물이 아냐. 나고야 역도 그 점을 우려했는지 한 때는 장어 파이를 취급하지 않았는데, 그 때문에 지역민들의 원성을 사서 클레임이 쇄도……."

"너, 실은 나고야를 엄청 좋아하지? 그렇지?"

쉬지 않고 말을 늘어놓는 이오리에게 질린 가운데, 나는 네 개째 만두를 입에 넣었다.

"저기, 이렇게 느닷없이 글을 쓰지 못하게 되는 경우도 있어?"

"크리에이터에게 그런 일은 일상다반사야."

"그거 말고 해줄 말은 없어? 앞으로 나아가기 위한 조언이라던가, 의욕이 나게 할 한 마디라거나…… 너는 프로듀서잖아?"

내가 나고야 생각을 머릿속에서 지우며 본론인 고민 상담을 시작하자, 이오리는 밋밋하기 그지없는 말을 늘어놓았다.

"나는 크리에이터의 의욕을 고취시켜주는 프로듀서가 아냐."

"그럼 너는 뭐하는 사람인데……."

원래 프로듀서는 크리에이터를 달래주거나, 술집에서 푸념을 들어주거나, 현장에 먹을 걸 가져다주거나 하면서 상대방이 기분을 좋게 만들어 일을 하게 만드는 존재 아냐?

가장 필요한 것은 고액의 영수증이 필요하다는 사실을 회사가 인정하게 만드는 능력 아니냐고.

"내가 되고 싶은 건…… 크리에이터가 만들어낸 작품을, 모든 사람들이 성공작으로 인정하게 만드는 프로듀서야."

"그, 그렇구나……."

나의 그런 썩어빠진 인식과 달리, 이오리의 대답에서는 이 녀석답지 않게 고취적인 자세(웃음)가 엿보였다.

"내가 만드는 게 팔릴지 안 팔릴지, 지금 시대에 통할지

통하지 않을지 같은 방향성에 대해서라면 한 마디 하겠지만, 좋은 작품을 만들어내는 사람은 어디까지나 내가 아니라 크리에이터야."

"그 『방향성』이라는 걸 좀 구체적으로 말해줬으면 하는데……. 이런 이벤트를 넣으면 좋지 않을까, 이런 대사를 넣어줬으면 한다든가 같은 거 말이야."

"미안하지만, 나는 그런 타입이 아냐."

내가 아무리 물고 늘어져도, 이오리는 고취적인 자세…… 아니, 신념에 따라 나를 매몰차게 밀쳐냈다.

"그리고 그런 타입의 프로듀서였던 사람은 바로 너잖아, 토모야 군."

"나……?"

"크리에이터에게 성큼성큼 다가가서, 시나리오에 참견하고, 때로는 자기가 직접 쓰고, 일러스트레이터의 심적 문제에 간섭하다, 그림을 못 그리게 만드는 등……."

"으윽……."

이오리의 지적을 듣자, 1년 전 기억이 주마등처럼 머릿속을 스치면서 무심코 심박수가 상승했다.

"그건 때로는 약이 될 때도 있지만, 까딱 잘못하면 독이 돼."

"너, 나 들으라고 하는 소리지?"

"아무튼 그런 거야……. 그러니까 나는 네가 돌아올 장소가 될 수 없어."

"아니, 그런 게 되어줄 필요는 없거든? 그리고 대체 우리가 언제 그런 소리를 했냐고."

장난을 치고 있는 것인지 농담을 하고 있는 것인지 감이 오지 않는 이오리의 말에 반격하면서, 나는 마지막 남은 밀기울 만두를 손에 넣기 위해 선제공격을 감행했다.

"하지만…… 그럼 대체 어떻게 해야 글을 쓸 수 있게 되는 거냐고."

만두 쟁탈전에서 멋지게 패배한 나는 또 삐친 듯한 어조로 이오리에게 푸념을 늘어놓았다.

하지만…….

"내가 그 질문에 뭐라고 대답할지, 너는 이미 알고 있지?"

"……『내가 그런 걸 어떻게 알아』지?"

"딩동댕~."

"이 자식……."

이 녀석, 친구가 이렇게 괴로워하는데, 이렇게 매정한……아, 이 녀석과 나는 친구 사이가 아니니까 오해하지 마.

"이럴 줄 알고 내가 11월까지 기다린다고 말했던 거야. 더욱 괴로워하며 버둥거려도 돼."

……방금 한 말을 취소하겠다. 이 녀석 따위와는 친구도 뭐도 아니다. 절대 오해하지 말라고.

"하지만 나는 시간을 들인다고 그 만큼 좋은 작품이 만들어질 거라는 생각이 들지 않아."

나는 지금까지 단기간 승부만 해왔다.

내가 처음으로 썼던 우타하 선배와의 합작 시나리오 때는 한 루트를 겨우 이틀 만에 완성(그것도 두 번이나 폐기 처분을 당하면서)했다. 그야말로 타자 입력 대회에 참가한 것 같이 어마어마하게 빠른 속도로 집필을 한 것이다.

그리고 단독으로 쓰고 있는 이번 작품의 시나리오 또한, 플롯 단계에서 꽤 고생하기는 했지만 시나리오 작업 자체는 순조롭다. 지금까지의 히로인 루트는 전부 2주 안에 완성한 것이다. 퀄리티는 제쳐두고 말이다.

페이스가 올라가기 시작하면, 머릿속에 텍스트가 떠오르는 속도를, 타이핑을 하는 손가락이 따라가지 못할 때도 때때로 있다.

깔깔 웃을 때도, 엉엉 울 때도, 비명을 지를 때도, 고함을 지를 때도, 텍스트 파일은 문자로 채워져 갔다. 퀄리티는 제쳐놓고 말이다.

······그러니, 일주일이나 지났는데도 한 줄도 적지 못한 것은 이번이 처음이었다.

"작가들은 항상 이런 압박감을 안고 살아가는 거야······?"

글을 쓸 때는 몸에 강렬한 부담이 가해졌다.

하지만 글을 쓰지 못하는 현재, 내 마음에 가해지는 부담은 그것과 비교도 안 될 만큼 어마어마하게 컸다.

책임감, 초조함, 무력감, 분노…… 그런 수많은 부정적 감정이 무리지어서 나를 짓뭉개려 하는 것만 같았다.

"걱정하지 마. 그런 압박감과 인연이 없는 사람도 있어."

"어떤 사람인데?"

"자기 이외에는 안중에 없다는 듯이 잘난 척을 해대는 크리에이터 중에서도 손꼽히는 사람이야. 그런 사람은 남에게 폐를 끼치는 걸 전혀 개의치 않으니까, 작업이 늦어지든 말든 아프지도 가렵지도 않고, 받았던 돈도 돌려주지 않아. 그런 사람 중에는 B형이 많지."

"……전혀 참고가 안 되네. 그리고 B형인 사람들에게 사과해."

"또 다른 사람은, 자기가 제어할 수 없을 만큼 무한한 아이디어가 머릿속에서 항상 떠오르기 때문에, 슬럼프 같은 거에 빠질 겨를이 없는 사람이야."

"그런 몬스터…… 아, 그러고 보니 있지."

이 녀석의 옛 보스가 바로 그런 타입이었다.
코사카 아카네

"지금까지의 토모야 군도 비슷한 느낌이었어. 퀄리티는 제쳐두고 말이야."

"뭐, 이번 일로 내 실체가 완전히 까발려졌지. 퀄리티를 떠나서 말이야."

"하지만 신이라도 내린 것 같은 상태가 10년 넘게 계속되면, 인격이 파탄나면서 아카네 씨처럼 되어버려."

"……아~, 나는 평범한 크리에이터로 족해~."

이런 식으로, 나는 푸념인지 헛소리인지 알 수 없는 소리를 늘어놓으면서 토요일 오후를 보냈다.

남에게 신세한탄을 했더니 마음이 조금 편안해졌지만, 그래도 글의 첫머리를 장식할 아이디어가 떠오르지는 않았다.

나에게 있어 아무런 의미도 없었던 것은 아니지만, 전혀 진전 없이 시간만 보낸 것이다.

"그건 그렇고, 카토 양에게 이야기를 해둔 거지?"

"뭘 말이야?"

"나와 단둘이 만나는 거 말이야. 비밀로 했다간 나중에 화낼걸?"

"여러 가지 의미에서 불길한 소리 좀 하지 말아줄래?!"

※　※　※

"……윽."

창문을 통해 희미하게 스며들어오던 저녁노을이 완전히 사라지고, 마을에서 붉은 빛이 얼추 사라진, 황혼 직전.

내 방도 어느새 어둠에 지배되고 있었다. 데스크톱 컴퓨터 모니터만이 유일하게 그 어둠에 저항하고 있지만, 그 앞에는 아무도 앉아 있지 않았다.

결국 나는 한 줄도 쓰지 못한 채, 침대에 드러누워서 낮과 밤이 뒤바뀌는 시간을 맞이했다.

몇 시간 전, 이오리와 헤어지고 집에 돌아온 나는 책상 앞에 앉아서 비장한 각오를 다졌다.

하지만 모니터에 표시된 텍스트 파일에 적혀 있는 것은 여전히 이벤트 타이틀뿐이다.

하지만 그 몇 시간 동안 내가 아무 것도 쓰지 않았던 것은 아니다.

그저 쓰고 지우기만 반복했던 것이다.

사실 이것도 상당한 진척이라 여길 수…… 있을지도 모른다. 어제까지는 이 과정을 머릿속으로만 되풀이했기 때문이다.

머릿속에 떠오른 아이디어를 머릿속으로 그려보고 음미한 후, 낙담하며 지웠다.

그리고 다른 이벤트를 떠올렸다 지우고, 떠올렸다 지우기만 반복하며 눈에 보이는 단계까지 나아가지도 못했다.

대체 어디에 출구가 있는지도 알 수 없는, 어두운 터널을 묵묵히 나아가는 행위를 하다, 방금 『이래선 안 된다』는 사실을 드디어 깨달았다.

『일단 뭐든 써보자. 그러면 진도를 나갈 수 있을지도 모른다』하고 생각하면서, 우선 초입 부분만이라도 써보자며 머리뿐만 아니라 손가락도 움직였다.

……이걸 너무 늦게 깨달았다는 생각이 들지 않는 것은 아니다. 아니, 처음부터 내가 하고 있는 짓거리에 『이러면 안 된다고』하며 태클을 걸었다.

하지만 자신이 왜 이런 최악의 사이클에, 자신의 판단으로 빠져들었는지는 그때도, 지금도 알 수 없었다.

"이번에야말로……."

이미 입에 밴 그 말을 하며, 침대에서 나온 후 책상으로 향했다.

이 말을 입에 담은 횟수는 오늘 하루만 해도 두 자릿수에 이를 것이다.

그러니 책상으로 향하는 횟수 또한 두 자릿수에 이른다. 즉, 침대로 도피한 횟수 또한 두 자릿수…….

그래도 나는 어제보다는 조금이나마 앞으로 전진했다는 사실에 안주한 후, 딱딱하게 굳어버린 손가락을 필사적으로 움직이며 키보드를 두드렸다.

※　※　※

……그로부터 몇 시간 후.

아까와 같은 행위를 다섯 번 반복하는 사이, 슬슬 밤 아홉 시가 지나려 하자…….

"아아아아아아아아……."

드디어 무기력하게 침대에 드러눕는 짓을 관둔 나는, 기합을 잔뜩 넣으며…… 침대 위에서 몸부림을 쳐댔다.

결국, 다섯 번이나…… 100줄 정도 되는 텍스트가 또 백스페이스키에게 잡아먹혔다.

도중까지 쓰다, 앞으로의 전개가 연상되지 않아서 지웠고, 앞으로의 전개가 너무 진부해서 계속 쓸 이유가 없기에 지웠다. 그리고 앞으로의 전개가 납득되지만, 『이걸로는 부족하다』는 생각이 들어 지우는 등, 지우는 이유는 천차만별이지만 결론적으로는 전부 동일하다.

그저, 나를 만족시키지 못한 것이다.

대체 왜, 몇 번이나 지우는 걸까?

대체 왜, 납득을 못하는 걸까?

……그 이유는 여전히 알지 못했다.

하지만, 막히는 부분이 어디인지만큼은 명확하게 깨달았다.

현재 디스플레이에 표시된, 이 이벤트를 쓰지 못하고 있는 것이다.

이벤트 번호 : 메구리15

종류 : 개별 이벤트(메구리 개별 루트 개시)

조건 : 최종 히로인 선택에서 메구리를 선택했을 때 발생

개요 : 메구리, 주인공을 의식하게 된다

개별 루트 진입 후의 첫 번째…….

그녀의 가장 커다란 마음의 변화를 표현하는 이벤트다.

즉, 처음으로 메구리가 히로인으로서『부각되는』장면이자…….

지금까지 메구리를 마음에 들어 했던 유저가 그녀를 사랑하게 만드는 장면이다.

그리고 이 중요한 장면의 플롯을 살펴보니, 딱 한 문장만 적혀 있었다…….

『메구리, 주인공을 의식하게 된다.』

……그것을 본 순간, 나는 그 플롯 파일에서 해당 부분을 시나리오 파일에 복사한 후, 플롯 파일을 닫았다. 그리고 몇 달 전의 나 자신을 머릿속으로 두들겨 팼다.

이오리, 왜 이딴 플롯을 오케이한 거야…….

뭐가『메인 히로인이 압도적인 1등이어야만 한다』냐고.

이게 무슨 1등이야. 완전히 포기해버린 거잖아.

확실히 다른 부분은 꽤 세세하게 짜여 있었다.

초반의 메구리가 멍하던 시기에 나눈 의뭉스러운 대화 샘플은 약간 짜증이 치솟을 정도로 잘 짜여 있었고, 후반부에 있는 그녀와 맺어진 후의 러브러브 대화 또한 짜증이 치솟을 정도로 잘 짜여 있었다.

즉, 나는 당시부터 이 부분으로부터 눈을 돌리고 있었던 것이다…….

뭐, 그런 이유로 한 번은 방침 자체를 변경할까도 생각해 봤다.

즉, 메구리가 주인공을 좋아하게 되는 부분을 빼버리고, 그 후의 연인 파트를 먼저 쓰려 했다가…… 결국, 금방 좌절했다.

왜냐하면, 메구리와 주인공이 어떻게 연인 사이가 되었는지를 모르니, 그것을 밑바탕 삼아 펼쳐지는 러브러브 묘사를 쓸 수가 없었던 것이다…….

아니, 뭐, 「공통 루트를 쓰던 메인 시나리오라이터가 도망쳤으니, 이틀 안에 히로인 열두 명의 개별 루트를 전부 써와」 같은 소리를 듣고 해낸 전설의 여섯 명이라면 해낼 수 있을지도 모른다. 하지만 나는 그 여섯 명 중 한 명이 아닌 것이다.

게다가, 이런 식의 『날림 공사』 때문에 이 작품이 망해버릴 수도 있다고 믿어 의심치 않는 나에게 그런 융통성 있는 집필은 무리다.

장소는 어떻게 하지? 쇼핑몰? 학교 안? 아니면 주인공의 방?

상황은 어떻게 하지? 데이트 중? 방과 후? 아니면 불꽃축제 관람?

……그런 식으로 머릿속에, 텍스트 안에 수백, 수천의 메구리가 나타나더니 사라졌다.

전부 나쁘지 않지만, 전부 좋지도 않은 느낌이 들었다.

이것은 주인공과 메구리가 처음으로 남자와 여자로서 교감하는 이벤트다.

어쩌면, 1년 반 전부터 지금까지 수도 없이 상상했지만, 단 한 번도 만들어내지 못했던 이벤트일지도 모르는 것이다.

나는 죄책감과 절망감에 짓눌린 채, 호주머니에서 스마트폰을 꺼냈다.

……이것 또한 지금까지 몇 번이나 했던 행동에 지나지 않는다.

하지만 그 안에 담긴 비장한 결의, 아니 절박한 각오는 이전과 차원이 달랐다.

남에게 기대는 것은 부끄러운 일이 아니다. 그저 전적으로 의존하지만 않으면 된다.

자신의 힘에만 기대는 것은 자랑스러워할 일이 아니다. 그러다 결과를 내지 못한다면 죽도 밥도 안 되는 것이다.

그리고 나는, 미숙한 일개 신출내기 시나리오라이터다.

남에게 의지하는 걸 방해할 자존심도, 괜한 고집도, 아직 없다.

그렇기에 나는 스마트폰의 주소록을 펼친 후, 『ㅋ 그룹』의…….

"……윽."

……『ㅋ 그룹』 가장 윗줄에 표시된 『카스미가오카 우타하』가 눈에 들어온 순간, 나는 허둥지둥 화면을 내렸다.

이것은 크리에이터로서의 자존심이나 고집이 아니다.

그저, 뭐랄까~ 남자로서의 고집이랄까…….

아무튼, 저 사람에게는 의지할 수 없다고나 할까…….

"아……."

그런 고뇌를 하며 화면을 내리던 내 손가락이, 갑자기 움직임을 멈췄다.

화면은 아직 『ㅋ 그룹』에 머물러 있었다.

한 사람…… 어쩌면 지금의 나를 도와줄 수 있을지도 모르는 사람의 이름이, 화면에 표시되어 있었다.

그래서 나는 기도하는 심정으로 스마트폰을 머리 위로 들어 올리고, 필사적으로 긴장을 푼 후, 통화 버튼을 눌렀다.

　그리고 잠시 동안 신호가 가더니…… 폰에서 약간 나른해 보이는 목소리가 흘러나왔다.

『……소년이야?』

"오래간만이에요…… 코사카, 아카네 씨."

제6장

진짜 옛날에는 집필 속도가 더 빨랐어요…….

『네가 나한테 전화를 다 할 줄은 몰랐어…….』

"혹시, 쉬고 계셨나요?"

『아냐……. 아, 좀 졸고 있었어. 지금은 집이야.』

아마 그녀만 이 전화가 뜻밖이라고 생각한 것을 아니리라.

나 또한, 왜 그녀에게 전화를 걸자고 생각한 것인지, 잘 모르겠다.

확실히 그녀는 내가 아는 사람 중에서 몇 안 되는, 스토리 창작도 가능한 프로 크리에이터다.

그러니 능력적으로 볼 때 내가 이 상황에서 도움을 청하기에 적임…… 아니, 최적의 인물이라고 할 수 있을 것이다.

하지만, 그렇다 할지라도…… 우리 사이에서 빚어진 역사로 볼 때, 그리고 지위의 격차로 볼 때, 상대의 인격으로 볼 때, 매우 비합리적이고 도전정신 넘치는 선택이 아닐 수 없었다.

코사카 아카네—.

10년가량, 코믹스 및 애니메이션 업계에서 최고의 인기와 매상을 구가해온 최강의 미디어믹스 작가.

작화와 스토리, 둘 다 높은 평가와 실력을 자랑하며, 골수팬도, 유행 따라 갈대처럼 흔들리는 일반인도, 국내뿐만 아니라 해외의 유저도 폭넓게 팬으로 만들며, 항상 성장하고 있는, 업계에서 손꼽히는 크리에이터.

……그렇기 때문에, 동인 쪽의, 그것도 신인 시나리오라이터에게 있어서는 구름 위보다 더 높은 곳, 그야말로 성층권 너머의 포지션에 있는 존재다. 그러니 직접 전화를 걸어서 마음 편히 상의 같은 걸 해도 되는 상대는 절대 아닌 것이다.

"느닷없이 연락을 드려서 죄송해요……. 지금, 이야기 좀 나눌 수 있을까요?"

『……무슨 일이야?』

하지만 용기를 내서 이런 연락을 취한 것은, 나와 그녀는 여러 인연으로 얽힌 관계이기 때문이다.

"아, 바쁘다면, 나중에 메일로……."

『용건이나 말해. 질문에 대답해. 나를 화나게 하지 마.』

"……죄송해요."

그래도 역시 무서워…….

일전에 봤던, 정신이 나간 것처럼 웃어대거나 화를 내는 그녀도 무시무시했지만, 지금 전화기 너머에 있는, 졸려서 언짢은 듯한 그녀도 무시무시했다.

"실은 제 이야기를 좀 들어줬으면 해서…… 일전에 명함도 받았으니까…….."

『미리 말해두겠는데, 우리 멤버와의 남녀 관계 문제에는 절대 관여하지 않을 거야. 그런 건 직접 해결해.』

"전혀, 절대, 눈곱만큼도 그런 문제가 아니니까 안심하세요."

그러고 보니 전화 상대가 나라는 걸 목소리도 듣기 전에 어떻게 안 걸까.

설마 그녀가 나 같은 녀석의 전화번호를 주소록에 등록해 둔 걸까?

"저기, 실은 일전에 말한 게임의 시나리오를 쓰고 있는 데…….."

『아직도 쓰고 있는 거야? 겨울 코믹마켓에 낼 거라고 했지? 동인 쪽은 느긋해서 좋겠네.』

"죄송합니다, 죄송합니다……. 저기, 상의하고 싶은 건 다름이 아니라…….."

나는 『너도 동인 출신이잖아』라는 태클을 걸려다 필사적으로 참은 후, 더 신중하게 말을 고르면서 본론에 들어갔다.

"지금 좀 막혔다고나 할까, 마지막으로, 가장 중요하다고 할 수 있는 메인 히로인의 시나리오를 쓰는데 전혀 진도가 안 나간다고나 할까……."

내가 늘어놓으려는 본론의, 완전 초입에서…….

『자세한 상황을 이야기해봐. 어디까지 썼지? 어디서 막혔는데? 네 머릿속의 이상과 현실의 갭은 뭐야? 가능하다면, 지금까지 쓴 플롯과 시나리오를 전부 보내봐.』

"……예?"

코사카 씨는 내 푸념을 듣자마자 바로 관심을 드러내며 주저 없이 그렇게 말했다.

『아, 시나리오는 좀 그렇겠네. 그럼 이야기해줄 수 있는 범위만이라도 가르쳐줘.』

"저, 저기 그것보다…… 진짜로 들어줄 건가요?"

『창작에 관한 상의인 거지? 그렇다면 들어줄 수밖에 없지.』

"코사카, 씨……."

그것은 상의를 부탁한 내가 움츠러들 만큼 적극적인 반응이었다.

왠지 방금까지 졸리는 것 같던 그녀의 목소리에도 생기가 돌아온 것 같은 느낌이 들었다.

이렇게 진지한 반응을 보이자, 혹시 함정이 아닐까 같은 무례한 생각이…….

『빨리 말해. 한시라도 빨리, 괴로움에 떨고 있는 삼류 작가를 비웃어주고 싶어.』

"……우와."

뭐야, 명백한 함정이잖아.

※　※　※

　그리고 나는, 그녀에게, 전부 이야기했다.

　그녀에게 줬던 체험판 이후의 스토리도.

　그 중에서도, 나를 이렇게 힘들게 만드는 메인 히로인 루트의 내용도.

　막힌 부분도 막힌 기간도 막힌 이유에 관한 고찰도, 지금까지 글을 쓰기 위해 내가 시도해봤던 방법도.

　자신이 추구하는 최강의 모에 게임의 이미지도, 자신이 추구하는 메인 히로인 루트도, 자신이 추구하는 메인 히로인도.

　때로는 뜨겁게, 때로는 빠른 어조로, 때로는 눈물을 흘리면서.

　그리고 그녀는 내가 끝없이 토해내는 이야기에, 때로는 맞장구를 치고, 때로는 침묵을 통해 재촉하고, 때로는 적절한 질문을 던지면서, 결국 끝까지 듣더니…….

『풉…….』

"……."

『크, 크크큭⋯⋯.』

"⋯⋯."

『아하하~~~!』

"저기요! 너무 웃는 거 아니에요?!"

그대로 폭소를 터뜨렸다.

성격 한 번 끝내주게 더럽네⋯⋯.

『이, 이, 이⋯⋯ 허접이 자기 주제도 모르고~. 아하하하하 하하하~.』

"허접하다는 건 알거든요?! 그래도, 허접한 실력으로 어떻 게든 앞으로 나아가보려고, 열심히 발버둥을 치고 있는 거 라고요⋯⋯."

『아니, 반대야. 앞으로 나아갔기 때문에, 쓰지 못하게 된 거야.』

"예⋯⋯?"

『그래. 이제 수치심이라는 건 안 거구나. 생각보다 빠른 걸⋯⋯. 눈이 높아진 건지, 머리가 트인 건지⋯⋯.』

하지만, 성격 더러운 천재 여성 만화가는⋯⋯.

『아니, 이렇게 빨리 슬럼프에 빠진 걸 보면 양쪽 다라고 보는 게 타당할 거야. 이걸로 너도 비기너즈 럭에 의존하지 않는 제대로 된 시나리오라이터가 될 수 있으려나?』

"코사카 씨……?"

말투와 태도로는 나를 비웃고 있지만, 그 말에서는 나를 깎아내리려는 의도가 느껴지지 않았다.

『뭐, 걱정하지 마. 그건 크리에이터라면 누구나 다 지나가는 관문이야. 뭐, 그 관문을 통과하지 못한다면 크리에이터를 관두게 되지만.』

"걱정을 안 하는 게 이상할 거 같은데……."

말투를 무시하며 그녀의 말을 텍스트로 작성해보면, 그 내용은 나에 대한 격려와 조언처럼 여겨질 것이다.

뭐, 제작도 막바지에 이른 상태에서 이런 소리를 들으면 등골이 오싹해진다는 점은 제쳐두고 말이다.

『프로가 된 후에 너와 같은 상태에 처한 바람에 업계에서 사라진 작가도 잔뜩 있어.』

"그, 그래요?"

『뭐, 지금부터 실명을 말해줄 테니까 메모해둬. 반면교사로 삼아도 좋고, 술자리에서 이야깃거리로 삼아도…….』

"그걸 알면 내 오타쿠 라이프가 더욱 풍족해지겠지만, 비인간적인 업계인이 되어버릴 것 같은데……."

아, 그래도 그녀의 말은 텍스트화한 다음 그 안에서 도움이 될 만한 부분만 발췌해야만 격려처럼 여겨질 것 같았다…….

『뭐, 지금까지 순조롭게 작품을 내놓던 작가가 갑자기, 혹은 서서히 작업 속도가 떨어지는 데는 여러 가지 원인이 있어…….』

"몇 개나 되는 군요……."

『그 중 하나는 지금까지의 퀄리티에 만족하지 못하고, 지금보다 더 뛰어난 수준을 추구하며 시행착오하는 건데…… 보통 이런 걸 눈이 높아졌다고 말하지.』

그건 어디선가…… 아, 반 년 전에 들은 것 같았다.

나 같은 조무래기의 눈에는 대단해 보이는 그림도, 기준이 높아진 본인의 눈에는 미숙해 보였고, 그 결과, 몇 달 동안 그림을 그리지 못하게 되었던…….

『그런 녀석들이 나아가는 길은 단순해. 자신의 이상에 도달해서 1류가 되거나, 이상을 자신의 현재 기술 수준까지 낮춰서 2류가 되거나, 이상에 도달하지 못한 채 사라지지…….』

"에리리는……."

『그래. 그 녀석은 드물게도 도달했지…….』

코사카 씨의 목소리에는 희미하게 기쁨이 어려 있었다.

그와 동시에, 내 가슴에서는 희미한 통증이 생겨났다.

"그럼 나도 눈이 높아져서 내 시나리오에 만족하지 못하게 된 거에요……?"

『아니, 너는 그것만이 아닐 거야.』

"아까 말했던『머리가 트였다』는 거, 말인가요?"

『그래. 이건 아까 말한 것보다 더 골치 아픈데…….』

"맙소사……."

『머리가 트였다…… 스킬이 올라간 바람에, 네 앞에 존재하는 수많은 길…… 선택지가 보이기 시작한 거야. 그게 바로 네가 현재 처한 상태지.』

"……아~."

완벽하게 정곡을 찌르는 그 설명을 들은 순간…….

나는 깊은 한숨을 내쉬었다.

『글을 쓸 때는 지금의 방향이 최적이라고 생각하면서 이야기를 진행하지만, 어느 순간 불쑥 아까 지워버렸던 가능성을 되짚어보게 되는 거야.』

"아~, 아~, 아~."

『그리고 그쪽이 더 괜찮지 않았을까 하는 의심이 들면서, 작업을 멈추게 되지.』

"아아아아아아아~."

그 순간, 내 마음 속에 존재하는 백 명 남짓 되는 나 자신이 동시에 동의의 함성을 내질렀다.

『그렇게 되면 완전 끝이야……. 지금 집필하는 이야기를 의심하게 되면, 그 이야기를 믿을 수 없게 되면, 좋은 이야기를 쓸 수 없어. 그래서 자연적으로 작업이 막히고 마는 거지.』

그 고찰은 마치 내 머릿속을 들여다보고 해설하는 것처럼 정확하고, 치밀하며, 또한 인정사정없었다.

『하지만 이제 와서 자신의 마음속에 세운 「선택지」까지 돌아가서, 다른 이야기를 쓴다고 해서 좋은 작품을 쓸 수 있을지는 알 수 없어……. 이대로 나아가는 것도 지옥, 되돌아가는 것도 지옥. 어느 쪽도 고르지 못하는 우유부단 주인공, 아니, 우유부단 시나리오라이터가 탄생하는 거야.』

그래서 나는 전화기 너머에서 들려오는 그녀의 말에 가슴을 꿰뚫린 채 동의나 반항도 하지 못하면서, 망연자실할 수밖에 없었다.

『이야, 정말 좋겠는걸…… 크크큭.』

"뭐가 말이에요……."

하지만 혼의 보석이 탁해져가고 있는 나와 달리, 코사카 아카네의 목소리와 어조에는 점점 희열이 섞이기 시작했다.

『뭐긴 뭐야……. 지금까지 외길이었던 네 이야기에 새로운 가능성이 차례차례 해방되고 있잖아. 이것만큼 축하할 일이 어디 있어?』

"그것 자체는 축하할 일일지도 모르지만, 지금 이래서는 곤란하다고요!"

나는 현재 내 모든 오타쿠 인생을 건 승부를 한창 벌이고 있다.

……현재 통화 중인 『적』을 쓰러뜨리기 위한 승부를 벌이고 있는 중인 것이다.

『이 정도로 가라앉으면 어떻게 해? 모르나 본데, 이 생각의 미궁은 스킬이 좋아지면 좋아질수록 복잡해져.』

"……정말, 요?"

하지만 내가 삐친 것 같은 반응을 보이는데도, 상대방이 느끼고 있는 희열은 더욱 진해지고 있었다.

『생각해 봐. 네가 새로운 경험과 스킬을 얻을 때마다, 새로운 샛길이 생겨나고, 지금까지 막혀있던 길이 개통될 거야……. 그 너머를 확인해보는 것이 기대되면서도, 한편으로는 무섭겠지.』

하지만, 그녀의 희열에 찬 말에는 다양한 진리가 담겨 있었다.

나는 메구리 루트에서 무한한 가능성을 느꼈다.

그녀가 주인공을 의식하게 된 이유가, 다른 히로인과는 명백하게 다른 획기적인 것이어야 한다고 생각하며, 또한 그런 아이디어가 세 자릿수에 이를 정도로 머릿속에 떠올라 있었다.

문제는 그것들 모두가 획기적으로 느껴지지 않는다는 점이다.

『거꾸로, 네가 지금까지 걸어온 왕도는 네가 쌓아온 경험과 스킬 때문에 낡고 진부한 것이 되어버리면서 막혀버리거나, 더욱 가늘고 험난한 길이 될 거야……. 웬만해서는 그런 골치 아픈 길을 지나지 않게 되겠지.』

그리고 획기적인 아이디어를 지나치게 추구한 나머지, 지금까지 써온 패턴을 전부 봉인한다.

어릴 적 만남, 연적의 등장, 그것도 주인공 측과 히로인 측 연적으로 두 패턴을 준비했다. 또한 병이나 부상 등을 통한 간병…….

그런 아이디어를 코웃음치고, 몸부림을 칠 정도로 부끄러워하다 보니, 모든 아이디어를 폄하하는 버릇이 생기고 말았다.

『그 앞에 남아있는 건, 개미소굴처럼 복잡하기 그지없는 생각의 미로인 거지……. 본인도 출구를 찾을 수 없을 정도로 복잡한 미로 말이야.』

그녀가 알려주는 크리에이터의 고뇌는 기분 나쁠 정도로 내 마음 깊은 곳을 파헤쳤다.

그래서 그녀가 저렇게 웃어대는데도, 나는 덩달아 웃을 수가 없었다.

"그럼…… 어떻게 하면, 되죠?"

그렇다. 그저, 물어볼 수밖에 없다.

이 고뇌에서, 탈출할 방법을…….

그것도 앞으로 2주…… 아니, 길어도 한 달하고 보름 안에 탈출할 수 있는 방법을 말이다.

『앞으로도 계속 마주하면서 살아갈 수밖에 없어……. 네가, 이 단계에 도달한 작가라면 말이야.』

하지만 그녀는 내가 가장 원치 않는 대답을, 마치 그 사실을 알고 있었다는 듯이 입에 담았다.

"저기, 하다못해 좀 더 구체적으로 지시를 해줄 수는 없나요? ……명쾌하게 결론을 지을 수 있는 사고방식이라든가, 앞으로 나아갈 수 있는 방법이라든가……."

『뭐, 조금이라도 편하게 나아가고 싶다면, 애초부터 한 쪽을 포기하는 수밖에 없을 거야.』

"설마…… 오래된 길과 새로운 길 중, 하나를 말이에요?"

『그래. 그때그때 개통되는 길만을 골라 종횡무진으로 달리면서, 유저들에게 항상 신선한 놀라움을 제공하는 능수능란한 작가가 될 건지…….』

『아니면, 보통은 낯 뜨거워서 폐쇄해버릴 낡아빠진 길을 억지로 비틀어 열면서, 유저들에게 항상 같은 감동을 제공하는 파워풀한 작가가 될 건지 고르는 거지.』

"저기, 코사카 씨 생각에는…… 제가, 어느 쪽으로 나아가야 한다고 생각하죠?"

『글쎄, 개인적으로는 어느 쪽도 추천하지 않아.』

"어어어어어어~이……."

그리고 그녀는 내가 갈구하는 대답을, 마치 꿰뚫어보고 있었던 것처럼 쏙 피해갔다.

『결국 어느 쪽을 선택하든 결국 벽에 부딪치고 말아. 새로운 루트만 개척하다 보면, 언젠가 지나치게 급진적이 되어서 유저의 폭이 좁아질 거야. 그렇다고 정형화된 루트만 계속 추구하다보면, 언젠가 매너리즘에 빠져서, 유저의 폭이 좁아지겠지. 초심자 혹은 신자만이 남게 될 거야.』

"나는 그런 먼 훗날의 이야기를 하는 게 아니에요. 지금, 어떻게 하면 좋을지를……."

『네가 앞으로도 작품을 만들 거라면 양쪽의 능력을 전부 손에 넣어. 이번 작품을 끝으로 더는 작품을 만들지 않을 거라면, 멋대로 한쪽을 골라서 나아가면 돼.』

"앞으로, 도……?"

결국, 내가 아무리 부탁해도 그녀는 특효약을 처방해주지 않았다.

그녀가 나에게 가르쳐준 방법이라고는 꾸준한 노력과, 그것이 가능하게 하는 강인한 정신력을 단련하라는 것뿐이었다.

『그리고 지금 바로 이 상황을 어떻게 할 방법이라면 또 있어. 하루만에 1년치 스토리를 생각해두면, 슬럼프에 빠지더라도 금방 벗어날 수 있어. 내가 추천하는 방법은 그거야.』

"대체 당신한테는 어떤 CPU가 달린 거야?! 세계 제일이야? 2등 이하는 다 죽으라는 거야?!"

……자기는 치트 캐릭터면서 말이다.

『열 수 앞까지 생각하지 마. 앞의 앞의 앞, 하다못해 세 수 앞까지만 생각해. 그 이상 생각했다간 늪에 빠질 거야. 장기도 그렇잖아?』

"하아……."

코사카 선생님의 강의는 지금도 힘차게 계속되고 있다.

이야기를 듣고만 있는 내가 먼저 항복할 것만 같았다.

『이대로는 안 된다는 생각이 들어도, 바로 되돌아가지 마. 일단 끝까지 폭주해보는 거야.』

그녀의 말이 아무 짝에도 쓸모가 없는 건 아니다.

아니, 나는 현재 제아무리 돈을 들여도 들을 수 없을 이야 기를, 전화비만 내고 듣고 있는 정말 재수 좋은 인간이리라.

……하지만 너무 귀중하고 묵직한지라, 소화하는데 시간 이 걸리는 것이다.

『그리고 도저히 못 써먹을 것 같다면, 처음부터 다시 써.』

"아……."

『왜 그래?』

"아무 것도 아니에요……."

이렇게 인터넷 교육방…… 우타하 선배에게 배운 내용도 언급되면서, 연설과 비슷하지만 코사카 씨가 해주는 이야기 의 설득력이 보강되었다.

『일주일 동안 아무 것도 쓰지 않는 것과, 일주일 동안 쓴 텍스트를 전부 폐기하는 건 일주일 후에 본다면 결과적으로 마찬가지지? 그래도 글을 쓴 덕분에 본인의 스킬은 상승했어. 어드밴티지라고 할 수 있지.』

뭐, 그 점을 두 여성에게 알려주더라도 결국 화만 낼 테니 마음속에 담아두겠지만 말이다.

『그렇게 폭주한 작품은 꽤 재미있어. 철저한 계산만으로는 자아낼 수 없는, 순간순간의 찬란함이 존재하거든. 투박한 맛이 있는 거지.』

"그렇군요……."

『자신의 폭주를 좀 더 즐겨. 거기서 생겨나는 정열을 말이야……. 지난 번 작품 때는 그렇게 했잖아?』

마치 어디 사는 테니스 해설가를 연상케 하는 뜨거운 해설을, 코사카 아카네는 약간의 광기라는 향신료를 써서 얼버무리고 있었다.

"코사카 씨."

『응?』

"고마워요."

하지만 그녀가 입에 담은 말은 분명, 나를 향해 보내는 뜨거운 성원이었다.

그렇기에 나는 그렇게 말하면서 한참 떨어져 있는 그녀를 향해 깊이 고개를 숙였다.

지금 그녀가 어느 방향에 있는지 모른다는 사실이 약간 마음에 걸렸다.

『마지막으로 하나 더 가르쳐주지…….』

"예……."

『자ㅇ를 해, 소년.』

"푸웁?!"

『네가 끝내주게 기분 좋은 자ㅇ를, 다들 무심코 보고 싶다고 생각할 만한 자ㅇ를, 어마어마하게 낯 뜨거운 ㅇ위를, 과감하게 보여주는 거야!』

"저, 저기, 마지막 그건 좀 그렇지 않아요?!"

『작가는 하나같이 변태에 노출광이야. 자신의 미친 머릿속을 전 세계 사람들에게 보여주려고 하는 정신병자지. 아하하하하하하하하하하하하하하하하하하!』

"당신, 역시 제정신 아닌 거 맞지?!"

제7장

메구미 파인 분들은 여기에 책갈피를
끼워두시는 편이 좋을 겁니다.

"……."

다섯 번째 신호음.

어느새 밤이 깊어버린 방 안, 텔레비전 소리나 동영상 소리도 없는 정적에 찬 실내에서는, 스마트폰에서 흘러나오는 희미한 신호음만이 울려 퍼졌다.

"……."

일곱 번째 신호음.

이렇게 전화를 받지 않는 걸 보면, 전화기를 꺼뒀거나, 휴대폰을 가지고 있지 않은 걸까…….

"……."

열 번째 신호음.

그렇다면 더 기다려봤자 시간 낭비에 불과할 것이다.

"……."

열다섯 번째 신호음.

좋아. 앞으로 신호음이 열 번 울릴 동안만 기다려보고, 그때까지도 받지 않는다면…….

『……토모야 군, 지금 몇 시인 줄 알아?』

"으음, 토요일…… 아, 일요일 오전 한 시 반이네. 메구미, 좋은 아침이야!"

『……지금은 「좋은 아침」이라는 인사말을 쓸 시간대가 아니라고 생각하는데 말이야.』

슬슬 통화 종료 버튼을 누르려던 순간…… 진짜로 누르려던 순간에, 휴대폰에서 졸린 목소리가 흘러나왔다.

"뭐, 그것보다 할 이야기가 있는데 좀 들어줄래?"

『내 의견을 순순히 받아들일 사람이었다면, 이렇게 늦은 시간에 전화를…….』

"시, 실은 말이지! 방금 엄청난 아이디어가 떠올랐어! 우리 게임의 메인 시나리오를 쓰기 위한 최고의 아이디어가 말이야……!"

『……하지도 않았을 거야.』

※　※　※

『메구리 시나리오의 작성?』

"그래! 메인 시나리오! 다섯 번째 캐릭터! 라스트 루트!"

『나한테 그 작업에 참가하라는 거야……?』

그렇다. 고민하고 또 고민한 끝에 최종적으로 내가 찾아낸 슬럼프 탈출법은 바로 그것이다.

플롯만이 아니라, 상의만이 아니라, 시나리오 작성 그 자체에 있어서도 남에게 의지하는 것이다.

그것도, 당사자…… 메인 히로인에게 말이다.

"끄트머리……가 아니라, 첫 개별 이벤트만이라도 괜찮아. 『메구리15』의 이벤트만이라도 좋아……."

『어? 그건 지난주부터 계속 써왔던 시나리오 파일이지?』

"그래서 이렇게 부탁하는 거야!"

『……으음~.』

"메구미 전에 말했지? 『만들어보자. 우리 둘의, 앞으로의 이야기를…… 함께, 만들어보는 거야』 하고 말이야!"

^{1권 246페이지에서}
『1년도 더 전에, 그것도 카스미가오카 우타하 선배의 대본에 적혀있던 내용을 언급하는 구나……. 아무튼, 내 성대모사 좀 하지 말아줬으면 좋겠는데 말이야.』

"안 닮았어?"

『기분 나빠.』

메구미답지 않은 날선 목소리를 듣고 움찔하면서도, 나는 용기를 쥐어짜내서 필사적으로 설득했다.

"의견만 줘도 돼. YES인지 NO인지만 말해줘도 돼. 내 시나리오가 메구미의 마음을 흔드는지 흔들지 않는지, 메인 히로인으로서 판단해주기만 해도 된다고……."

『그런 방식으로 좋은 작품을 만들 수 있겠어?』

"적어도 지금 방식으론 좋은 작품은 고사하고 완성품도 내놓지 못할 거라는 건 확실해."

『아…….』

"나, 지금 다양한 전개와 대화를 떠올릴 수 있어……. 하지만 그 중 어느 게 좋은지 고를 수가 없다고."

『그래……. 완전 우유부단 최악이네.』

메구미답지 않……지 않은 비아냥거림을 듣고 움찔하면서도, 나는 용기를 쥐어 짜내서 이하 생략.

"그러니까, 히로인이 각 상황에서 어떤 선택을 하는지, 어떤 말을 하는지, 히로인 본인에게 선택해달라고 하자는 생각이 들었어. 그러면 나는 주인공 쪽의 선택만 맡으면 되잖아."

『내가, 히로인의…… 메구리의 선택을, 하는 거야?』

전화 너머의 목소리가 희미하게 흔들……린 듯한 느낌이 들었다.

그 흔들림은 그녀가, 자신이 맡아야 하는 역할에서 막중한 책임감을 느끼고 있는 증거라는 생각이 들었다.

"부탁해, 메구미."

『토모야 군…….』

하지만 그『막중한 책임감』이라는 것은, 메구미에게 있어 무거운 짐이 아니다.

그뿐만 아니라, 그녀가 서클 안에서 안고 있는 강한 사명

감을 일깨워줄 것이다.

"나 혼자서는 무리야. 메구미 없이는 메구리 루트를 완성할 수 없어."

『나, 없이는…… 무리, 인거야?』

그래서 나는 이게 마지막 승부처라는 듯이, 메구미에게 최후의 일격을…….

"그래! 틀림없어! 왜냐면, 바로 그 코사카 아카네도……."

『코사카…… 아카네?』

"아."

그리고 이 승부처에서, 나는 엄청난 실수를 저지르고 말았다.

『자, 일단 거기 좀 앉아봐. 토모야 군.』

"앉아있습니다! 전화기 너머라 보이지 않겠지만요!"

『우리의, 게임이지?』

"그, 그래."

『우리 힘으로, 완성시켜야 하는 작품이지?』

"무, 물론이야!"

『또한 그 사람이 어떤 사람이고, 우리 서클에 어떤 짓을 했으며, 그 탓에 우리가 지금 어떻게 됐는지, 기억하고 있지?』

"이, 일단 전부 다 기억해……."

『흐으으으음~, 그걸 전부 기억하고 있구나……. 그럼 토모야 군은 그걸 다 기억하면서, 그런 사람한테 의지한 거네…….』

"잘못했습니다아아아아아아아~!"

……그 후, 메구미에게 협력 승낙을 받는데 걸린 시간은 지금까지 걸린 시간의 세 배는 족히 되었다.

※　※　※

"좋아. 그럼 시나리오 리딩을 시작하자~. 메구미, 『메구리 15』의 플롯을 펼쳤어~?"

『아~, 응.』

아무튼, 게임 제작과 관련 없는 소모전을 벌이느라 시간을 허비하기는 했지만, 그래도 서로의 준비가 얼추 끝나갔다.

"리액션이 왜 이렇게 대충대충인 거야? 이제부터 우리는 이 게임의 최대 난관을 클리어 해야 하는데, 왜 『멍한 메구미』로 되돌아간 건데?!"

『아~, 그건 오래간만에 「제멋대로인 아키 토모야 군」을 접했기 때문일 거야~.』

일부, 정확하게는 파트너의 기력이 바닥을 치고 있는 게 좀 신경 쓰이기는 하지만, 내가 평소처럼 긍정적인 태도를 취하며 억지로 끌고 가면 될 것이다.

매권 중반부에서
요즘 들어 항상 얼간이 모드였지 않느냐, 같은 냉정한 지적은 자제해줬으면 한다.

"……잘 들어. 이제부터 우리가 만들 『메구리15』는 메인 히로인인 메구리가 지금까지 무미건조하기만 하다가 약간 감정적으로 변하는 시나리오야. 즉, 지금 상태의 메구미가 이 장면의 메구리와 가장 닮은 거지! 응! 역시 메구미! 순식간에 히로인의 심리를 파악했구나! 역시 내가 점찍은 메인 히로인이야!"

『아～ 정말. 지금의 너를 토모야 군이라고 부르고 싶지 않으니까, 다시 아키 군이라고 부를게.』

"그런 부분까지 신경 쓰는 구나! 이렇게 철저하게 캐릭터에 몰입해주는구나, 메구미! 아, 나도 너의 기개를 본받아, 지금만 옛날처럼 카토라고 부르지～!"

『……아키 군은 정말 꿋꿋하네～.』

"……그러는 카토야말로 반응이 무미건조하네."

뭐, 우리의 관계가 1년 정도 전으로 돌아간 것은 그냥 넘어가기로 하고…….

아무튼, 드디어 이제부터 우리의 『시나리오 리딩』이 시작됐다.

"그럼 우선 개요부터 설명할게. 이 『메구리15』는 메구리의 개별 루트 첫 이벤트인데, 그녀가 주인공을 남자로 의식하게 되는 중요한……."

『저기, 나는 일단『메구리01』부터『메구리14』까지 읽어봤는데 말이야. 거기서 느닷없이 이런 전개가 펼쳐지는 건 말이 안 된다고 생각해.』

"느닷없이 전체 시나리오를 전면 부정하는 거냐?!"

그리고 시나리오 리딩이 시작되자마자, 강렬한 질책을 들었다.

『애초에 주인공의 설정 자체가 너무 잘못됐어. 이렇게 말이 많고 자기 뜻대로만 하려고 드는 짜증나는 주인공을 좋아하게 되는 여자애는 없지 않을까?』

"너, 너…… 오늘은 평소보다 더……."

목소리만 들리는데도 불구하고『네가 무슨 우타하 선배냐』싶을 정도로 강렬한 암흑 오라를 흩뿌리고 있는 메구미가, 아니, 카토가 시나리오의 근원적인 부분을 부정했다.

저기, 이건 시나리오라이터의 의욕을 완전히 박살내는 짓거리라고 생각하는데 말이야…….

"그, 그럼, 어쩌면 좋을지 가르쳐주지 않겠어……?"

나는 그런 지극히 당연한 반론을 꾹 참은 다음, 완전히 저자세로 나가면서 정중하게 가르침을 구했다.

『으음…… 일단 지금까지 주인공이 해온 행동과 대사를 체크해서, 좀 더 호감을 가질 수 있게 만들지 않을래?』

"그, 그럼 주인공을…… 수정하자는 거야?"

나는 식은땀이 등골을 타고 흐르는 것을 느끼면서, 버림 받은 강아지처럼 올려다보았다.

『뭐, 전면적으로 다 뜯어고치자는 게 아니라, 말투나 반응 같은 것을 조금만 고치면 그나마 나아…… 아니, 꽤 괜찮아질 거라고 생각해.』

"하, 하지만…… 역시, 그, 말은……."

『응. 공통 루트의 초반 부분부터 수정하자.』

"우와……."

나의 인내 및 배려 덕분일까, 방금까지만 해도 의욕이라고는 눈곱만큼도 없던 메구미…… 아니, 카토가 긍정적으로 이 작업에 임하게 되었다.

음, 정말 다행이야. 이건 커다란 전진일 거라고.

『자아, 아키 군. 그럼 시작하자. 『메구리01』의 시나리오를 펼쳤어?』

"예이예이, 지금 펼칩니다~!"

……뭐, 정반대 방향으로 나아가고 있지만 말이다.

※　※　※

이벤트 번호 : 메구리04

종류 : 선택 이벤트

조건 : 2주차 토요일, 메구리를 선택했을 때 발생

개요 : 메구리와 축구 관전을 하러 가는 주인공. 무심코 혼

자만 잔뜩 흥분해버린다……

『아~, 이 이벤트는 문제가 있어.』

"어, 어디가 말이야?"

『그러니까, 주인공의 행동, 언동, 태도…… 즉, 전부 다야.』

"이, 이제 와서 그런 소리를 하는 거야?!"

『메구리01』 때부터, 카토의 극악 체크는 맹위를 떨쳤다…….

특히, 그녀의 음험함이 여지없이 드러난 부분이 바로 이 『메구리04』…… 주인공과 메구리의 첫 데이트 이벤트였다.

우연히 알고 지내게 되었고, 왠지 마음이 잘 맞은 주인공과 메구리.

딱히 긴장하지도, 딱히 상대의 취향을 고려치 않으며, 주인공은 당연한 듯이, 대충 무턱대고 그녀에게 자기가 응원하는 축구팀의 홈경기를 보러 가자는 제안을 한다.

처음에는 메구리에게 축구 룰을 가르쳐주고 홈팀을 어필했지만, 그녀는 축구에 딱히 관심이 없기에 스타디움 안에서 대충 스마트폰을 만지작거리고 있었다.

이윽고 게임이 시작되고, 예상 이상의 열전이 벌어지자, 주인공은 메구리를 없는 사람 취급하며 그저 시합에 열중한 채 목청껏 응원만 했다.

하지만 메구리 또한 그런 주인공에게 화내지도, 멋대로 돌아가지도 않은 채, 담담히 그의 옆에 앉아 있었고…….

이윽고 후반 로스 타임에 점수가 나면서, 홈팀이 극적인 승리를 거둔 순간, 그와 그녀는 하늘과 땅만큼 온도 차가 나는, 하이파이브를 했다…….

『저기 말이야. 이렇게 제멋대로에 억지만 부려대는 남자에게 호감을 가지는 여자애는 없어.』

"그, 그렇지 않아! 드라마 같은 데서 나오잖아. 남자가 데이트 신청을 해놓고, 자기만 즐거워하지만…… 여자는 처음에는 어이없어 하면서도 남자의 그런 어린애 같은 모습을 귀엽다고 생각하며「정말, 못 말린다니깐」하고……."

『안 그러거든? 현실에서 그런 짓을 하면「못 말린다니깐」하고 말하면서 멋대로 돌아가 버릴 거야.』

"기다려! 돌아가지 마!"

나한테 있어서 이 시나리오는 흔하디흔한, 그리고 보는 이들이 가슴이 따뜻해질 만한 좋은 이야기였다…….

하지만 그 이야기에 대해 논하는 카토의 목소리는 마음을 꽁꽁 얼리는 혹평으로 가득 차 있었다.

잠깐만. 나는 카토에게 히로인의 언동 체크를 부탁했는데, 왜 우리는 주인공에 대한 논평을 하고 있는 거지……?

『그러고 보니 아키 군은 이런 공통 루트의 이벤트 하나하

나에 의미를 부여해야 한다고 카스미가오카 선배에게 배웠다고 했지?』

"그, 그래. 서로의 숨겨진 모습이라든가, 다양한 속사정에 대해 알려주거나 알게 되면서, 플래그를 세우는 게 중요하다고……."

『하지만 이건 그런 조건을 전혀 충족시키지 못했어. 카스미가오카 선배가 말한 「그저 텍스트만 줄줄 늘어놓는 최악의 시나리오」인 거네.』

……너, 아까 일로 앙심을 품고 이런 소리를 하는 거지? 맞지?

"하, 하, 하지만…… 맞아! 카토는 아침까지 나와 어울려줬잖아! 그래! 알고 지내게 된지 얼마 안 되었을 때, 우리 집에서 게임 합숙을 했……."

『주인공이 게임 합숙을 하자고 하지 않은 점은 높이 평가해줄게……. 하지만 애니나 게임이 아니니까 상대가 무조건 어울려줄 거라고 생각하지 마.』

"……그런 거야?"

『그리고 주인공의 취미를 축구로 설정해서 억지로 리얼충 느낌을 살리려고 하니까, 이 시나리오가 엉망진창이 된 거야.』

"……그 정도야?"

『응. 시나리오라이터가 축구에 해박하지 않기 때문에, 설정상 축구 팬인 주인공의 행동에서 설득력이 전혀 느껴지지 않아.』

"우와아……."

<small>의도적으로 화제를 합숙에서 딴 데로 돌린 듯한</small>
뭐랄까, 미묘하게 논점을 빗겨간 느낌이 들지 않는 건 아니지만…….

고의인지 아닌지는 몰라도 카토가 이야기를 계속 진행했기에, 나는 그녀의 지적에 변명…… 아니, 의견을 내놓았다.

"하, 하지만 여자는 이렇게 『리드해주는 남자』에게 끌리지 않아? 물론 미남이라는 가정 하에 말이야!"

그렇다. 이 주인공은 이즈미의 그림 솜씨와 망상력 덕분에, 약간 억지스러운 언행을 취해도 용납될 정도로 멋지고 귀여운 미소년이 되었다.

절친 캐릭터와의 BL전개가 펼쳐지더라도 납득하고 말 정도로 빼어난 디자인을…….

『미남이라면 무슨 짓을 하더라도 용납되는 걸로 해두면, 시나리오도 깊이가 없어질 테고, 히로인의 매력도 떨어질걸?』

"으윽……."

『한 번 생각해봐. 안경을 벗었더니 미남이었다는 이유 하나만으로, 여자애들의 태도가 느닷없이 바뀐다면 엄청 미심쩍을 것 같지 않아?』

"죄송합니다만, 그렇게 구체적인 예시를 들지는 말아주시면 안 될까요……?"

※　※　※

이벤트 번호 : 메구리08-2

종류 : 선택 이벤트

조건 : 8주차 토요일, 우타하06 발생 이후, 메구리를 선택했을 때 발생

개요 : 메구리와 쇼핑몰에서 데이트를 하지만……

그리고 공통 루트의 시나리오 리딩도, 어느새 중반에 접어들고……

『……』

"저, 저기~, 카토?"

『……응~?』

"혹시, 졸려?"

『으음~, 아냐. 괜찮아.』

"그럼 무슨 일이야? 갑자기 입을 다물었잖아……"

아까까지 쭉 잔소리……가 아니라 세세한 지적을 하던 카토가 아무런 반응도 하지 않기에, 슬슬 한계에 도달했나 싶어서 말을 걸어봤지만……

『으음~, 그게 말이야. 이 시나리오를 다시 읽어보니, 이것저것 생각이 나네……』

"뭐가?!"

……하지만 한계에 도달한 게 아니라, 아무래도, 그저, 아까보다 더 불온한 무언가를 느끼고 있는 것 같았다.

그런 그녀가 현재 읽고 있는 것은 『메구리08-2』…… 주인공과 메구리의 두 번째 데이트, 그것도 주인공이 그녀를 내버려두고 홀로 돌아가 버린다고 하는 트러블 스토리였다.

일전의 데이트를 통해 여러 모로 반성한 주인공은 이번 데이트의 행선지 선택권을 메구리에게 넘겼다.

그리고 그녀가 제안한 데이트는 새로 개점한 아울렛 쇼핑몰에서의 쇼핑이었다.

데이트 당일, 아울렛이 너무 붐벼 주인공은 사람에 취하고 말았지만, 이곳에서의 쇼핑을 고대하고 있는 메구리를 위해 힘을 냈다.

여러모로 사고방식을 정리한 결과, 이 혼잡한 쇼핑몰 안에서의 쇼핑을 탈출 게임 느낌으로 즐기게 되었다.

그리고 저녁 즈음에 모든 쇼핑을 마친 메구리는 주인공에게 선물을 한다.

그것은 오늘 하루 동안 함께 해준 주인공에게, 그녀가 주는 감사의 표시였다.

하지만, 주인공은 그런 그녀에게 이렇게 말하고 만다…….

『미안하지만 나, 너랑 같이 돌아갈 수는 없을 것 같아……. 지금 바로, 가봐야만 하는 곳이 있어.』

『……아~. 이건 안 돼. 역시 이 이벤트는 최악이야.』

"자, 잠깐만 있어봐! 이 이벤트만 보고 최악의 시나리오로 지정하는 건 좀 너무하지 않아?!"

그렇다. 사실 이 시나리오는 단독으로는 완결이 되지 않는다.

다른 히로인인 카스미가오카 우타하(가명) 시나리오와 밀접하게 연관되어 있는 것이다.

즉…… 우타하(가명)의 호감도가 높을 경우, 이 이벤트 직전에 그녀가 집필하는 소설의 플롯에 관한 의견이 갈리면서 그녀와 다툰다고 하는 내용의, 『우타하06』이 발생하게 되어 있다.

『메구리08-2』는 그런 『우타하06』의 직후에 발생하며, 그리고 그 후에 우타하(가명)와의 화해를 그린 『우타하07』과 직접적으로 이어져 있는 특수 이벤트인 것이다.

……혹시나 해서 말해두겠는데, 뭘 참조했는지 찾아보지 말아줬으면 한다.

참고로, 『우타하06』이 발생하지 않았을 경우, 메구리와 데이트한 다음에 그녀를 집까지 배웅해주는 『메구리08-1』이라는 차등 이벤트도 준비해뒀다.

이렇게, 각 히로인들의 전개를 복잡하게 뒤섞어서, 각양각색의 인간관계를 그리는 것이 이 게임의 핵심 중 하나다.

……뭐, 방금 그 핵심을 부정당했지만 말이다.

『하지만, 몇 번 다시 읽어봐도 히로인을 두고 가는 주인공은 완전 최악이란 생각이 들어.』

"잠깐만, 이건 완전 감동적인 장면이잖아! 메구리도 웃으며 보내주고 있다고!"

그렇다. 메구리에게 자초지종을 설명하며 용서를 구하는 장면에서, 「만약 선배를 내팽개치고 데이트를 우선했다면, 내가 화내면서 돌아갔을 거야」라는 감동적인 대사도 준비해뒀는데…….

『그것과 이건 엄연히 별개야.』

"잠깐만, 대체 무슨 소리를 하는 건지 모르겠거든?!"

메구리는 이렇게 이해심이 넘치는데, 카토는 정말…….

『애초에 상대가 용서한다는 발언을 했다고 해서 진짜로 용서했다고 생각하다니, 아키 군…… 아니, 이 주인공은 정말 무신경하네.』

"잠깐만! 너무 복잡해서 카토, 아니, 이 히로인이 어떤 심정인 건지 도저히 모르겠다고!"

우리의 시나리오 리딩은 영원히 맞물리지 않은 채 시간만 계속 흘러갔고…….

『아…….』

"왜 그래?"

『스마트폰의 배터리가 거의 다 됐어.』

"아……."

그 결과, 인간보다 기계가 먼저 한계에 도달하려 했다.

『골치 아프게 됐네. 그러고 보니, 어젯밤에 충전을 하는 걸 깜빡했어.』

시계를 보니, 어느새 오전 세 시가 지났다. 즉, 두 시간 넘게 통화를 나눈 것이다.

"그럼 오늘은 이쯤 할까. 고마워, 카토……가 아니라, 메구미."

『그럴 수는 없어, 아키 군.』

"……아직 원래 호칭을 쓰면 안 되는 거야?"

『잠깐만 기다려…… 지금 콘센트가 있는 쪽으로 이동하고 있어.』

"……뭐?"

아직 눈에 띄는 성과도 없다.

게다가, 나도 슬슬 졸리기 시작했다.

『영……차. 좋아, 이제 충전을 하면서 이야기를 나눌 수 있어. 그럼 계속하자.』

"어? 그쪽은 지금 어떤 상황인 거야?"

『아~, 개의치 마. 콘센트가 침대 근처에 없어서, 바닥으로 이동했을 뿐이야.』

"……즉, 스마트폰을 충전기에 꽂은 채로 바닥에 드러누워서 이야기를 하고 있는 거야?"

『문제없어. 노트북 컴퓨터도 바닥으로 옮겼거든.』

"……."

……아무래도 카토…… 메구미는 내 상태 같은 것은 전혀 고려치 않는 것 같았다.

『자, 그럼 다음은『메구리09』…… 아~, 이 시나리오도 최악이네~.』

"……어이."

이렇게 언짢은 상태에서, 불합리한 지적만 해대고 있지만…….

이렇게 최선을 다하고 있는데다, 의욕이 넘쳐흘렀다.

정말 이 메인 히로인은 너무 복잡해서 어떤 심정인지 알 수가 없다니깐…….

※　※　※

이벤트 번호 : 메구리13

종류 : 선택 이벤트

조건 : 12주차 일요일, 에리리10 발생 이후, 메구리를 선택했을 때 발생

개요 : 에리리를 간병했다는 사실을 숨긴 바람에, 메구미와 처음으로 다투고 만다

공통 루트도, 이제 두 개만 남았다.

"저기, 이 이벤트를 나름대로 해석해보고 내린 결론인데……."

『응…….』

그 두 개가 끝나면 드디어…… 드디어, 골이 아니라 스타트 라인에 도달한다.

"실은, 메구미는 이 시점에서 주인공에게 조금은 호의를 가지고 있지 않았을까 싶은데……."

『아~, 그렇지 않아. 응. 이 시점에서는 절대 그럴 리가 없어.』

"저기! 이 시나리오는 내가 쓴 거거든?!"

그런데 개별 루트 직전인 『메구리13』에서도, 아직 마이너스에서 제로에 도달할 길이 전혀 보이지 않았다…….

주인공의 소꿉친구이자, 메구리의 절친인 에리리(가명)가 쓰러졌다.

문화제에 쓰일 간판을 혼자서 그리기로 했던 그녀는 생각대로 잘 그려지지 않은 바람에 남들 몰래 몇 번이나 밤샘을 했다가, 결국 과로로 쓰러진 것이다.

주인공은 혼란에 빠진 문화제 준비 현장을 어찌어찌 수습한 후, 같은 반 애들을 지휘해가면서 문화제 준비를 계속해 나갔다.

하지만 한편으로는 『문화제를 성공시키기 위해서』라는 이유로, 메구리를 포함한 다른 이들에게 에리리가 입원한 병원을 알려주지 않았다(여기까지가 『에리리10』).

문화제는 성공했고, 반 아이들은 흥분에 사로잡혔다.

그리고 후야제 때, 캠프파이어 옆에서 메구리와 주인공을 서로를 응시했다.

문화제가 성공했다고 기뻐하는 주인공에게, 메구리는 슬픈 표정을 지으며 말했다.

왜, 자신과 에리리(가명)의 일을 상의하지 않았느냐고…….

왜, 혼자서 전부 짊어지며, 메구리에게 도움을 요청하지 않았느냐고 말한 것이다.

메구리가 그렇게 물었지만, 주인공은 그녀가 안심할 수 있을 만한 말을 건네지 못했다.

메구리는 조용히 눈물을 흘리더니, 포크 댄스를 추는 학생들 사이에서, 쓸쓸히 모습을 감췄다.

『개인적으로는 이 부분에서 주인공이 어떤 감정이었는지 듣고 싶은데 말이야.』

"어~, 또 주인공을 파고드는 거야? 이제 슬슬 히로인의 심정에 대해 이야기하지 않을래?"

『……대답을 피하고 있는 거지? 아키 군, 아니지, 주인공은 대답을 피하고 있는 거 맞지?』

"아니, 그러니까……."

몇 번이나 말했다시피, 나는 카토에게 히로인의 행동과 언동에 관한 감수를 요청했다.

그런데 뚜껑을 열고 보니, 아까부터 주인공의 행동과 언동에 대해서만…….

『애초에 이건 에리리 이벤트지? 도저히 메구리 이벤트라고 할 수 없어.』

"그, 그렇지 않습니다!"

내가 언급하고 싶지 않은 부분만…….

『이게 무슨『메구리13』이야. 영락없는『에리리11』이잖아.』

"아니, 이 부분이 메구리와의 감동적인 화해로 이어지는 거야! 그러니까 틀림없는 메구리 이벤트라고!"

『하지만 여기에 적혀 있잖아?「나에게는, 내 마음속에는, 에리리에 대한 독점욕이 존재할지도 모른다」라고…….』

"어……?"

『봐. 378행, 주인공의 독백 부분이야.』

내가 떨리는 손으로 카토가 말한 부분까지 화면을 내리자…….

"아……."

그녀가 말한 문장이, 내 눈에 똑똑히 들어왔다.

『진짜로 독점욕을 느꼈던 거야……?』

으음…… 우리는 지금 무슨 이야기를 하고 있는 거지?

주인공의 심정에 관한, 시나리오 상에서의 해석……에 대해 이야기하고 있는 거지?

그것 이외의 다른 무언가는 전혀 섞이지 않은 거지?

"느꼈다고, 생각해……."

그렇다면, 내……가 아니라, 주인공은 감정적으로 이랬을 거라고 생각하는데…….

『…….』

"하, 하지만 그런 감정이 소꿉친구로서 느낀 것인지, 아니면 다른 무언가에서 비롯된 건지는 이 시점의 주인공은 알지 못했어……."

『…….』

그리고 내 대답을 듣자마자 네가 침묵에 잠기면 어마어마하게 무서우니까, 그러지 좀 말아줬으면 좋겠다고…….

"그리고 그거야말로 메구리 루트와 에리리 루트의 중요한 분기 포인트 중 하나인데……."

『……그 점도 큰 문제라고 생각해.』

"그런 소리를 해버리면 복수 히로인 미소녀 게임은 존속 자체를 할 수 없거든?!"

그리고 잠시 침묵한 후에 매번 폭탄 발언을 투하하지도 말아줬으면 하는데…….

『왜 이렇게 중요한 선택지를, 히로인 개별 루트 직전에 배치한 거야?』

"아, 중요한 선택지이기 때문에, 일부러 여기에 배치한 건데……."

『하지만 이래서는 둘 사이에서 간만 보던 주인공이 어느 쪽이든 바로 선택할 수 있는 거잖아? 결국 상황이 주인공에게만 유리하게 흘러가는 거 아닐까?』

"그런 태클은 걸지 말아줄래? 미소녀 게임이니까 어쩔 수 없다고!"

『하지만 두 히로인에게 사귈 가능성이 충분히 있는 거잖아? 그런데 갑자기 주인공이 자기 말고 다른 애와 사귀게 됐어. 그 상황에서 여자애의 심정이 어떨 것 같아?』

주인공을 위해 희생하고 헌신하는 히로인이 범람하고 있는 지금 같은 시대에 그런 의문을 품는 사람은 씨가 말랐을 것 같은데…….

으음, 역시 여자에게 미소녀 게임에 관한 의견을 구한 것 자체가 잘못된 행동이었을까…….

"하지만 주인공이 끙끙 앓으면서 고민만 해대면 보는 사람들이 짜증날 걸……?"

『사람과 사람의 대화를, 한쪽에게 유리하게만 풀어나가는 건 괜찮다고 생각해?』

"아, 미소녀 게임 유저 중에는 그런 현실이 싫어서 게임으로 도피하는 사람들이 많은데요……."

『그렇다고 해서 타협을 해버렸다간 좋은 시나리오를 쓸 수 없어. 주인공이 3년 넘게 고민하고 또 고민한 끝에 마음을 정리했는데, 2년 후에 백지로 돌아가더니, 최종적으로 마음이 붕괴되고 말 만큼 고민해야 해.』

"그런 짓을 했다간 플레이어들이 속쓰림으로 사망할 테니까 관둬어어엇!"

※　※　※

이벤트 번호 : 메구리15

종류 : 개별 이벤트(메구리 개별 루트 개시)

조건 : 최종 히로인 선택에서 메구리를 선택했을 때 발생

개요 : 메구리, 주인공을 의식하게 된다

『……해가 떴네.』

"……해가 떴어."

창에서 쏟아져 들어오는 노란 아침햇살이 눈부셨다.

시계를 보니, 어느새 오전 일곱 시가 지났다. 곧 많은 사람들이 일요일 아침 아동용 방송을 즐길 시간이 된 것이다.

우리는 여섯 시간 동안 시나리오 리딩을 했는데도 불구하고, 결국 시나리오는 전혀 진도가 나가지 않았다.

"그, 그럼…… 『메구리15』, 시작하자~."

『아~, 최후의 히로인 분기에서, 아무렇지도 않게 메구리

를 선택하는 거네~. 마음이 조금만 바뀌었다면 다른 히로인을 골랐을지도 모르겠네~.』

……하지만, 『메구리01』부터 『메구리14』까지에서 지적을 받은 부분들이 고쳐지지 않았기에, 카토가 안고 있는 문제의식 또한 해결될 기미조차 보이지 않았다.

"……그럼 대체 어떤 식으로 고치면 되는 건데?"

『으음~, 으음…… 모르겠어.』

"그래서야 전혀 달라지지 않는다고……."

『완벽하게, 시간낭비를 했네~.』

"그런 사태를 초래한 당사자가 그런 소리를 하지 마……."

게다가 지적만 잔뜩 해대기만 할 뿐 대안은 전혀 내놓지 않았다. 마치 모 약소야당 같았다.

역시 부탁할 사람을 잘못 고른 걸까?

역시 시나리오를 써본 경험이 있는 사람에게 부탁하는 편이 좋았을까?

하지만 『메인 히로인에 대해서는 메인 히로인에게 물어라』라는 속담도…… 없지.

"그럼…… 카토는 주인공이 어떤 사람이었으면 괜찮을 것 같은데……?"

나는 결국, 그녀에게 요구하는 허들을 한 단계 낮추기로 했다.

그렇게 주인공의 언동과 행동이 신경 쓰인다면, 『언동과 행동이 신경 쓰이지 않는 주인공』이라는 걸 제시해달라는 요청을 했다.

『으음…… 딱히 많은 걸 바라는 건 아냐.』

"죄송한데, 그럼 지금까지 해왔던 그 많은 지적들은 대체 뭐죠?"

『나, 애초부터 남자에게 바라는 기대치가 높지 않아. 아니, 바라는 게 거의 없어.』

"네가 그런 소리를 하는 거야?"

뭐, 진성 오타쿠인 나와 만나고 얼마 지나지 않아, 내가 만든 서클에 아무렇지도 않게 들어오는 걸 보고 어렴풋이…… 아니, 명백하게 눈치는 챘지만 말이다.

그래도 캐릭터성이 약한 것은 그렇다 쳐도 외모 수준이 높다는 점을 고려하면, 이성에게 바라는 바가 꽤 있을 것 같은데 말이다.

『아, 그래도 내가 듣고 기뻐할 말이나, 가슴이 두근거릴 말을 해주거나, 나를 소중히 여긴다는 걸 때때로라도 알려 줬으면 좋겠어.』

"때때로……라도, 괜찮은 거야?"

『응. 항상 그런다면, 오히려 더 미심쩍을 것 같거든.』

"뭐, 뭐어 그건 그렇겠지……."

『그러니까, 항상 자기 점수를 깎아먹고, 깎아먹고, 깎아먹다…… 때때로 점수를 따는 행동을 해주기만 해도 된다거나 할까…….』

"어이, 그건…… 아무 것도 아냐."

왠지 『상호의존』이라는 말이 머릿속을 스치고 지나갔지만, 그랬다간 주인공이 가정폭력 가해자가 되어버릴 것 같아서 그냥 무시하고 지나갔다.

『뭐랄까~, 낭만과는 거리가 먼 메인 히로인이네~.』

"저기, 자기 입으로 그런 소리를……."

그런 카토의 꿈도 없고, 낭만도 없으며, 현실적이지도 않은데다, 이상적이지도 않은 발언을 듣고 약간 어이없어 하면서도…….

나는 그녀가 이야기하는 캐릭터에게서, 희미한 모순을 느끼고 있었다.

"하지만, 그렇다면……."

『……맞아. 실은 거짓말을 했어. 나, 실은 이 주인공을 싫어하지 않아.』

그렇다. 내가 만든 주인공은 역시 카토의 『변변찮은 이상』에 가까울 것이다.

이즈미 특제 디자인 덕분에 외모는 미남이지만, 내면은 미남과 거리가 멀며, 히로인에게 필요 이상으로 잘해주지도 않는다.

낯간지러운 대사는 입에 담는 일이 거의 없고, 지나치게 폼을 잡지도 않는다.

이러쿵저러쿵하다 결국 실수를 해서 주인공과 히로인이 웃음을 흘리는 이벤트가 대부분이다.

하지만…….

『그저, 아주 조금 부족했을 뿐이야.

자기가 갉아먹고, 갉아먹고, 갉아먹은 점수를 만회할 한 마디가…….』

"그게 쉽지 않다고……."

그런 미묘한 차이를 남자…… 아니, 내가 알리가 없기에, 머리를 감싸 쥐었다.

이건, 아마도, 여자애의 섬세한 낌새 같은 것이다.

낌새라고 하는 것은 미묘하고, 미세하며, 알기 힘들다.

눈으로 봐도, 귀로 들어도, 냄새를 맡아도, 손으로 만져도, 혀로 핥아도 알 수 없다.

게다가 마음을 최대한 기울이지 않으면 느낄 수조차 없다.

겨우 느끼더라도, 그게 올바른지 알 수 없다.

그러니 확인을 하기 위해서는, 용기를 가지고 말을 통해 그게 맞는지 아닌지 확인해볼 수밖에 없는 것이다…….

『저기…… 무슨 말이라도, 해봐.』

"어…… 어떤 말, 말이야?"

『네가 생각하는 「메구리15」의 대사 말이야.』

하지만, 그녀는…….

『거창한 고백 같은 건 필요 없어.

그저, 아주 조금, 좋아하게 될 계기면 돼.

별것 아닌 한 마디가, 필요해.

어? 겨우 그런 말을 듣고 좋아하게 되는구나, 하고 생각
할 만한…….

그런 한 마디가, 듣고 싶어.』

"괜히 더…… 어려워졌잖아…….."

그렇게 어려운 대사를, 하필이면 나…… 아니, 주인공에
게, 요구하는 거냐.

『흐음…… 하지만 너는 때때로, 아무렇지 않게 그런 말을
하잖아?』

"만약 내가 진짜로 그런 말을 했다면 좀 가르쳐줘……."

『그럴 수는 없어…… 그런 건 불시에 들었기 때문에 통한
거야.』

"카토……."

『정말, 호칭이 틀렸잖아.』

"……메구미."

『아, 용케도 눈치챘네…… 토모야 군.』

"……역시 너무 어려워."

『후훗.』

메구미의 목소리에 미묘하게 한숨이 섞였다.

마치 내 볼과 귓가에 그 뜨거운 한숨이 닿은 것만 같았다.

"저기, 메구미."

『응~?』

"왠지, 네 얼굴이 보고 싶어."

그래서 지금…… 그녀가 전화 너머에서 어떤 표정을 짓고 있는지, 신경 쓰였다.

분명, 틀림없이, 졸린 표정을 짓고 있으리라.

어쩌면 옅은 미소를 짓고 있을지도 모른다.

혹은 엄청 지겨워하고 있을 가능성도…….

『……안 돼. 정말 눈치 없다니깐.』

나의 그런 생생한 욕망을…….

메구미는 완곡하게 거절했다.

"그래도 보고 싶어."

『안 된다니까 그러네……. 목욕 하고, 한숨 잔 다음이라면 몰라도, 지금은 안 돼.』

"지금의, 있는 그대로의, 메구미가 보고 싶어."

『주인공, 너무 눈치가 없어. 내 이상과 멀어지고 있네.』

"그딴 건 내 알 바 아냐. 나는 지금, 메구미의 얼굴이 보고 싶단 말이야."

『토모야 군…….』

메구미가 무엇을 원하는지는 모른다.

그저 지금은 가슴속에서 샘솟는 욕망에 충실할 뿐이다.

점수를 깎아먹고, 깎아먹고, 깎아먹다보면…….

분명, 그 다음에는, 아주 조금이지만, 점수를 딸 수 있을 것이다.

『못 말린다니깐…….』

메구미의 체념 섞인 목소리가 입에서 흘러나오자, 나는 스카이프를 켰다.

그리고 리스트 안에서 『카토 메구미』를 고른 후, 통화 버튼을 눌렀다.

곧 스마트폰에서, 스카이프의 호출음이 흘러나왔다.

『저기…… 아직, 보여주겠다고 말한 적 없거든?』

"하지만 「못 말린다니깐」이라고 말했어."

『그게 왜?』

"그건 메구미의 오케이 표시잖아."

『……정말.』

방금 그 『정말』도, 엄청 모에했지만…….

그래도 내 머릿속은 다른 것을 향하고 있었다.

……내 컴퓨터 화면에 비친, 메구미의 표정에 말이다.

메구미는 아까 전화로 말했던 것처럼, 바닥에 드러누워서, 턱을 괜 채로 나를 응시하고 있었다.

휴대폰을 껐으니 책상이나 침대로 돌아가도 될 텐데, 어찌된 영문인지, 그 자세 그대로 있었다.

　"……처음부터 이렇게 대화할 걸 그랬네."

　『어~, 왜? 얼굴을 보면서 이야기하는 건, 좀…….』

　"하지만 전화비도 안 드니까, 이러는 편이 낫다고."

　나른해 보이는 자세인 메구미와, 이렇게 나른한 대화를 나누면서도…….

　내 머릿속은, 눈앞에 있는 여자애에 대한 생각으로 가득 차 있었다.

　『……아, 저기, 그만 좀 해.』

　"응? 뭘 말이야?"

　『그러니까…… 아까부터, 눈도 깜빡이지 않잖아.』

　하지만 그런 내 태도를 금방 간파한 메구미는 약간 부끄러워하면서 고개를 돌렸다.

　"에이, 괜찮잖아."

　하지만 나는 메구미의 도주를 용납하지 않았다.

　……마음속으로는 그렇게 생각하면서도, 가능한 한 강압적이지 않도록, 그러면서도 필사적으로, 그녀의 저항에 저항했다.

　『하지만 밤샘을 했단 말이야.』

"그건 나도 마찬가지거든?"

『내 얼굴, 이상하지 않아?』

"안 그래."

『눈도 부었는데…….』

"안 그래."

『토모야 군…….』

"안 그래."

그녀는 여자애다운 표정을 짓고 있었다.

『어쩌다, 이렇게 되어버린 걸까…….』

"그야, 시나리오 리딩 중이기 때문이지."

『우리, 시나리오를 읽고 있지 않거든?』

그녀는 현재, 감정을 파악하기 힘든 멍한 『카토』가 아니다.

또한, 최근의 음험하기도 하고, 믿음직하기도 하며, 안심이 되기도 하는 『메구미』도 아니다.

"걱정하지 마……. 지금 내 머릿속에서는 『메구리15』의 텍스트가 샘솟고 있어."

『으음, 저기, 혹시, 설마…….』

"그래. 완성판을 기대해달라고."

『정말, 그러지 마~.』

"아, 방금 그 말투와 졸린 듯한 목소리, 좋네……『정말, 그러지 마~』……."

『아~, 방금 키보드로 뭘 입력한 거야?』

"아～ 이쪽은 신경 쓰지 말고 무슨 말이든 좀 해봐, 메구미."

그렇다. 게임에 등장시키고 싶어질 정도로 사랑스러운 『메구미』인 것이다.

『어～, 이건 안 돼. 시나리오와는 거리가 멀단 말이야.』

"아니, 시나리오로 충분히 써먹을 수 있으니까 걱정하지 마."

어느새, 우리 둘의 입장은 뒤바뀌었다.

방금까지만 해도 메구미가 공세를 펼치고 있었지만…….

이렇게 얼굴을 마주한 지금은, 내가 억지를 부려대고 있었다.

『전혀 드라마틱하지 않잖아.』

"그게 어때서?"

아마, 지금의 나는 내가 아니다.

주인공인 것이다.

『게다가 이런 별것 아닌 대화로 메구리가 주인공을 의식하게 될 리가 없어.』

"정말? 정말, 의식하지 않는 거야?"

『아～, 응. 안 한다구～.』

"하지만 나는, 이렇게 별것 아닌 일로, 메구리가 주인공을 좋아하게 됐으면 해."

『으…… 정말.』

듣는 이가 기뻐할 말을, 타인의 가슴을 뛰게 할 말을, 상대를 소중하게 여기는 마음이 묻어나는 말을…….

그런 사소한 말을 건네는 그녀를 너무나도 좋아하는 주인공이다.

『왠지 토모야 군이 아무래도 상관없지 않은 말을 꽤 해대고 있는 것 같은 기분이 들어.』

　　"그래? 나는 아무래도 상관없는 말을 대충 지껄여대고 있는 것 같은데 말이야."

『듣고 있는 내가 다 부끄럽거든? 텐션이 너무 올라갔거든? 아무래도 상관없는 말과는 거리가 한참 멀다구.』

　　"괜찮잖아. 어차피 남성에게 바라는 기대치가 높지 않다며? 그럼 메구미의 취향에 맞지 않는 주인공이라도 괜찮겠네."

『정말~. 이론 자체가 파탄 났잖아, 토모야 군…….』

　　"이익, 시끄러워! 이미 결심했어. 나는 이제부터 『메구리 15』를 쓸 거야! 메구미가 머리를 감싸 쥐고 몸부림을 칠 정도로, 낯 뜨거움과 착각으로 꽉꽉 들어찬, 바보 같고 눈치 없는데다 러브러브하기까지 한 이야기를 써재낄 거라고!"

『……토모야 군, 제정신이야?』

　　"그래. 너는 나에게 멋진 아이디어를 하사했어. 너는 나의 여신이야!"

『아~, 예~. 그런 비현실적인 칭찬을 듣는 편이 차라리 낫네.』

　　"흥. 네가 뭐라고 떠들더라도 나는 쓸 거야!"

『아, 예~. 이제 됐어. 그냥 내버려둘래요.』

결국 텐션이 너무 올라간 바람에 메구미가 평소의 그녀로 되돌아갔다고 하는, 나다운 실수를 하기는 했지만……

그래도, 겨우 되찾은 내 창작의욕은 식을 줄을 몰랐다.

"밤을 새가면서 수고 많았어, 메구미."

『딱히 수고했다는 말을 들을 만한 일은 안 한 것 같은데.』

"아무튼, 잘 자……. 그럼 이만 끊는다?"

그리고, 메구미는……

『아냐. 끊지 말고 이대로 둬.』

"……왜?"

부끄러움에 사로잡힌 나에게 쓴 소리를 해대던 메구미는……

『진짜로 한계에 도달할 때까지, 잠이 올 때까지…… 보고 있을래.』

"뭘?"

『네가, 글을 쓰는 모습을, 지켜볼 거야.』

"왜?!"

마지막으로 한 번 더, 소규모 반격을 시도했다.

※　※　※

그리고, 오전 아홉 시.

"……"

『…….』

"잠들었어?"

『대답을 한다는 건, 잠들지 않았다는 거야.』

"그, 그래……."

오전 열한 시.

"……."

『…….』

"이번에야 말로 잠들었지?! 그렇지?!"

『……으, 아, 미안해. 깜빡 졸았어.』

"깨워서 미안해……."

제8장

한 걸음 물러서서 보니, 진짜 오글거리는 챕터네.

　그리고, 월요일 아침.

　"아, 안녕, 메구미……."

　역에서 학교로 향하던 도중, 전혀 눈길을 끌지 않는 쇼트 보브 헤어스타일을 지닌 소녀의 뒷모습을 본 내가 약간 긴장하면서 21시간만의 해후를 함께 기뻐하려고 한 순간…….

　"……."

　"잠깐만, 왜 질린 듯한 표정을 짓는 건데~?!"

　어찌된 영문인지 메구미는 벌레라도 씹은 것 같은 표정을 지으며 나를 쳐다보았다.

　"어, 어, 어라? 메, 메구미? 어라~?"

　"됐으니까, 평범하게 이야기하지. 응? 평범하게."

　"아니, 하지만…… 혹시 어제 일은 전부 내 꿈이야?"

　"그렇지 않아."

　참고로 메구미의 언동 또한 표정에 걸맞게 짜디짰으며, 평소보다 약간(즉, 일반적 기준으로 보자면 꽤나) 텐션이 높을 나를 피하려는 것처럼, 학교를 향해 빠르게 걸음을 옮겼다.

"저기, 메구미. 확인할 게 있는데 말이야. 우리는 토요일 밤부터 전화로, 그리고 중간부터 스카이프로, 일요일 점심 때까지……."

"아~, 너와 내 기억은 동일할 테니까, 그때 나눴던 이야기를 지금 이 자리에서 상세하게 설명하지 마."

"어, 그럼 우리는 왜 텐션이 이렇게 낮은 거야?"

"그러니까, 같은 기억일지라도 거기서 비롯된 감정은 다르다고나 할까……."

"우왓~, 그게 무슨 소리야?! 어제 그게 그렇게 싫었던 거야?!"

즉, 메구미가 언짢은 이유는 내가 오늘 아침에 이렇게 기분이 좋은 이유와 완전히 동일한 것 같은데……

잠깐만, 이 치명적인 디스커뮤니케이션은 대체 뭐야?

이게 어제, (주인공과 히로인의) 사랑을 확인한 남녀가 취할 태도가 맞는 걸까……?

아니, 어쩌면 이런 건 남녀의 특수 이벤트 후에 흔히 있는 일일지도 모르니까, 다들 착각 대장이 되지 않도록 조심해. 나는 이미 늦었지만 말이야.

"아~, 으음. 저기, 토모야 군. 옛날에 어떤 여성이 한 말 중에 이런 게 있어."

"……그 『어떤 여성』이라는 게 한때의 유명인을 말하는 거야, 아니면 집념 깊은 옛 연인을 말하는 거야?"

"「딱히 싫지 않았기 때문에 싫다」라는 말인데……."

"후자잖아~!"

"뭐~, 그러니까, 그렇게 된 거야."

"어? 어?"

내 최대 약점인 남녀 관계에 대한 통찰력 부족을 한탄하려고 한 순간…….

"토모야 군과 그런 분위기가 된 것만으로도 패배라고나 할까, 완패라고나 할까, 참패라고나 할까……."

"어? 아, 아……아~!"

메구미는 넌지시 둘러서, 자신의 심정을 알기 쉽게 전해 줬다.

"즈, 즉, 이렇게 된 거지? 메구미는 어제 일을 기억하고 있고, 그렇게 싫지는 않았지만, 나와 그런 분위기가 된 것 자체가 부끄러워서……."

"방금, 일일이 설명하지 말라고 내가 부탁했지……?"

"……잘못했습니다."

아무래도 나에게 완벽하게 전해지지는 않았던 것 같았다.

"뭐~, 그러니까 먼저 갈게. 그리고 학교에서도 말 걸지 마. 같이 등교했다가 친구들 사이에서 괜한 소문이 돌게 되는 건 싫어."

결국, 끝까지 텐션이 바닥을 치고 있던 메구미는 나를 내 버려둔 채 학교로 향했다.

"아마 괜찮지 않겠어? 지금까지도 단둘이 있는 우리를 이상하게 여기는 사람은 한 명도 없었잖아."

"그런 문제가 아니란 말이야……."

"어~, 그게 무슨……."

"그러니까…… 지금의 우리 모습을, 그녀에게 보여주고 싶지 않아."

"아…… 그렇구나."

그녀가 대체 누구지?

"왠지, 변명하기도 힘들 것 같고……."

"으음~, 그럴지도 몰라."

그러니까, 대체 누구 말인데?

"아무튼 그러니까 나중에 봐."

"그래. 나중에 보자."

대체 누구를 말하는 거냐고!

뭐, 그런 수수께끼가 남기는 했지만…….

메구미『자아, 나중이 됐으니까.』

메구미『방과 후, 한 네 시 쯤에 평소처럼 카페에서 보는 건 어때?』

토모야『……알았어.』

　메구미와 헤어지고 30초 후, 이런 내용의 메시지가 나에게 날아왔다…….

　　　　　　　※　※　※

　평소와 마찬가지로 학교 파트를 생략한 이날의 해질녘.
　아침에 약속했던 것처럼, 통나무집 풍의 카페.
　"우리는 반 년 후에 대학 입시를 치러야 하는 데, 지금 대체 뭘 하고 있는 거지?"
　"느닷없이 현실을 언급하지 말아줄래?!"
　……거기서는 높은 대학 진학률을 자랑하는 사립 토요가사키 학원의 학생 두 명이 마주 앉아서 구질구질한 진로 상의로 이야기꽃을 피우고 있었다.
　"하지만 토모야 군. 진짜로 어쩔 작정이야? 재수? 전문학교? 아니면 알바로 먹고 살 거야? 미리 말해두겠는데, 고등학교 졸업 후 진로까지 토모야 군과 같은 길을 선택하지는 않을지도 몰라."
　"제발 부탁이니까 이런 이야기 좀 그만하자……."
　너무 구질구질해서 눈물이 나려 하는 것을 필사적으로 참은 후, 나는 또 예전으로 되돌아가버린 메구미의 말을 막았다.

　하다못해 가슴이 두근거리는 방향으로 표정과 언동이 변한다면 좀 더 모에를 느낄 수 있을 텐데 말이다. 이 메인 히로인은 프리덤할 정도로 자유자재로 변한다니깐.

　"그건 그렇고, 이게 어제 쓴 이벤트야……?"
　"그래. 고대하고 또 고대했던 『메구리15』야!"
　뭐, 그런 고찰은 가슴 속에 묻어두기로 한 나는 가방 안에서 프린트 용지 여러 장을 꺼내서 테이블 위에 펼쳐놓았다.
　그 종이 한 장 한 장에는 내 피와 땀과 재빠른 타이핑의 결정이 담겨 있다.
　"그럼…… 읽어볼게."
　"그래! 어제처럼 마구 지적해줘!"
　내가 자신만만한 목소리로 그렇게 말하자, 메구미는 오늘 아침처럼 눈썹을 찌푸렸다. 하지만 그녀는 심호흡을 한 번 한 후, 진지하게 읽어보기 시작했다.
　내가 일주일이나 되는 시간을 들여 구상하고, 10시간 만에 완성한, 30킬로바이트 분량의 텍스트를 말이다.
　"……."
　"……."
　하지만, 멍하면서도 시리어스 어빙 풍미의 태도를 취한 시간은 겨우 1분 정도밖에 되지 않았다.

"으……."

"……."

"으~."

"……."

이윽고, 그녀의 진지하면서도 멍한 표정에 미묘한 변화가 생겨났다.

"저기, 토모야 군."

"왜?"

"시나리오 읽는데 방해되니까, 내 얼굴 좀 그만 쳐다봐."

"알았어. 저쪽 쳐다보고 있을 테니까, 마음 편히 읽어."

"으으……."

표정은 더욱 질렸고, 볼은 희미하게 홍조를 띄었으며, 이마에는 식은땀이 맺혔다.

또한 안절부절 못하는지 머리카락을 만지작거리면서 나를 힐끔힐끔 쳐다보더니, 가느다란 숨결을 연이어 토했다.

"……다 읽었어."

"어땠어?"

"……큭, 죽여라, 같은 느낌이야."

"만세에에에에~!"

그리고 수치심으로 범벅이 된 태도를 취한 메구미는 결국 치욕에 떨면서 패배 선언을 입에 담았다.

"나…… 두 번 다시 이걸 읽고 싶지 않아."

"네 마음에 안 드는 데가 있으면 뜯어고칠 테니까, 구체적으로 어디가 안 좋은지 지적해줘!"

"……없어."

"응~? 뭐~? 좀 크게 말해~."

"너무 부끄러워서 죽고 싶어질 만큼, 지적할 부분이 없어요~."

"오오오오오예에에에에~~~!"

"아, 정말~. 시끄러워."

나는 드디어, 자유자재로 변하는 메구미의 프리덤함을 깨부수면서, 그녀의 모에 포인트를 이끌어내는데 성공했다.

나의, 자체적 사상 최고의, 모에 시나리오로 말이다.

시나리오 광신도라 불리는 사람들이 그 시나리오는 읽으면 미간을 한껏 찌푸릴지도 모른다.

지문(地文)은 극단적으로 적고, 주인공과 메구리의 짧고 넌센스한 대사만 반복되기만 한다.

게다가 별다른 내용도 없다.

그저, 두 사람이 느긋하게 러브러브한 분위기를 자아내는데 전력을 다했으며…….

그 이외의 다른 것은 아무래도 상관없다는 듯이 치부했다.

……그리고 아주 약간이지만, 어제 내가 메구미와 나눈 대화와 비슷하다고 느껴진다면 그건 기분 탓일 것이다.

"왠지 누드모델이 된 기분이야……."

"우와, 생생한 반응이네."

아니, 그러니까 기분 탓이라고.

"토모야 군, 너무해……. 이렇게 낯 뜨거운 시나리오를 핀 포인트로 쓰면 어떻게 하냔 말이야."

"나는 그저 지금까지 해왔던 것과 별반 다르지 않은 일을 했다고 생각하는데 말이야."

그 뿐만 아니라, 묘사적으로도 다른 히로인만큼 노골적이 지 않다.

그도 그럴 것이, 옷을 벗기지도 않았다.

키스 묘사도 없다.

손도 잡지 않았다.

아니, 고백조차도 하지 않았다.

그저, 둘이서, 별것 아닌 이야기를 나누기만 했다.

……그저, 두 사람이 서로를 사랑한다는 게 명백하게 드러 나기만 할 뿐이다.

"왠지 토모야 군이 갑자기 남자로 보이기 시작했어……."

"저기, 나는 애초부터 남자였거든?!"

이런 궁극의 플라토닉 시나리오를 썼는데도 불구하고, 메 구미의 눈에는 그게 성적인 묘사로 보이는 것 같았다.

……뭐, 애초부터 그걸 노리며 쓰기는 했지만 말이다.

"아~ 더워. 저기, 시원한 물 좀 주세요."

메구미는 머리카락을 쓸어 올리면서, 손수건으로 땀을 닦았다.

나는 그런 그녀에게 프린트 용지로 부채질을 해……주는 척 하면서, 붉게 달아오른 그녀의 얼굴을 응시했다.

바람을 맞은 메구미가 가볍게 한숨을 내쉬며 눈을 감는 모습은…….

뭐랄까, 플라토닉 그 자체인데도 불구하고, 그러니까, ― 했다.

"그럼, 다음은…… 『메구리16』은 어떤 이야기로 만들 거야……?"

그 후, 메구미가 마음을 좀 진정시켰을 즈음, 우리는 카페를 나설 준비를 했다.

바로 그때, 메구미는 머뭇거리면서, 이제까지 말하지 않은 게 불가사의할 만큼 중요한 질문을 나에게 던졌다.

"그게…… 메구미는 어떤 이벤트가 좋을 것 같아?"

"으음~, 바로 앞의 시나리오에서 주인공과 메구리가 연인 사이인 게 드러났으니까, 두 사람에게 시련이 닥치는 왕도적인 이야기는 어떨까?"

"시련……. 예를 들자면?"

"그러니까, 히로인이 기억상실에 걸려서 지금까지 있었던 일을 전부 잊는다거나, 주인공이 시간 이동을 해서 연인이 된 과거를 뜯어고친다거나, 실은 지금까지 있었던 일이 전부 시나리오라이터가 꾼 꿈이었다거나……."

"……너는 무슨 수를 써서라도 『메구리15』를 없었던 일로 만들고 싶나 보네."

메구미는 시나리오 회의를 가장하면서, 전력을 다해 퇴각 전을 펼치기 시작했다.

아무래도 메구미는 저 플라토닉 시나리오 때문에 상당한 트라우마가 생긴 것 같았다.

하지만…….

"메구미! 미안하지만, 사실 나는 이미 『메구리16』의 구상을 끝내뒀다고!"

"그럼……."

"그래! 안심해! 그런 갑작스러운 전개는 한동안 자제하며, 한 층 더 깊이 있는 러브러브 전력 신을 쓸 거야!"

"으~."

나는 메구미의 실낱같은 희망을, 있는 힘껏 박살내줬다.

그렇다. 『메구미15』는 아직 얌전한 축에 속한다.

히로인을 벗기지 않는다.

키스 묘사도 없다.

손도 잡지 않는다.

고백조차 하지 않는다.

왜냐면, 그런 장면은 이제부터 쓸 시나리오에서 묘사할 예정인 것이다…….

"그러니까, 오늘밤에도 스카이프로 시나리오 리딩을 하자! 한밤중에 연락할 테니까, 집에 돌아가면 잠시 눈 좀 붙여둬."

"……또 밤새도록 할 거야? 내일도 등교해야 하잖아?"

"부탁해, 메구미! 이건 우리가 최강의 미소녀 게임을 만들기 위해……."

"하아~, 알았어. 밤샘 자체는 괜찮지만, 이건 힘들다구……."

진심어린 불평을 늘어놓으면서도…….

메구미는 역시 내 명령…… 아니, 의뢰를 거절하지 않았다.

　　　　※　※　※

이벤트 번호 : 메구리16

종류 : 개별 이벤트

조건 : 메구리15 직후에 발생

개요 : 메구리와 주인공, 함께 하교하면서 러브러브

화요일, 방과 후, 해질녘.

"……뭐, 별거 없지?"

"……응. 별거 없어."

학교 인근의 전철역에서 두 역 정도 떨어진 역 플랫폼의 벤치.

평소 같으면 그저 열차를 타고 지나쳤을 장소에, 나와 메구미는 있었다.

……으음. 미리 말해두겠는데, 어젯밤의 시나리오 리딩을 고대하고 있었던 분들에게는 사과의 말씀을 드려야 할 것 같다.

하지만 이 장면 묘사가 훨씬 중요할 테니, 양해 부탁드린다.

왜냐하면…….

"역시 손잡는 장면 정도는 넣어야 할 것 같아서 말이야."

"그렇다고 이렇게 실천을 할 필요는 없을 것 같은데? 안 그래?"

"메구미, 이제 그만 포기해."

"으으……."

이제부터 『메구리16』에서 묘사되는 신의 『시나리오 리딩』을 시작할 것이기 때문이다.

그렇다. 어제 스카이프 회의에서는 결국 단 한 줄의 시나리오도 쓰지 못했다.

왜냐하면, 일전의 러브러브 이벤트에서 한 단계 더 나아간, 제2의 러브러브 이벤트인 『손잡기 데이트』의 세세한 정경 묘사에 관한 충분한 의견을 모으지 못한 것이다.

그런 액션을 취했을 때 느낄 손의 부드러움, 온기, 촉촉함, 손에 들어간 힘의 세기, 희미한 떨림. 그리고 부끄러워하는 표정과 당황 섞인 언동.

……스탠딩CG로는 표현할 수 없기에 대화와 지문으로 보충해야 하는 그런 정보를, 입수할 수가 없었던 것이다.

"그리고 우리는 반 년 전에 이미 손을 잡은 적 있잖아."^{8권 제7.5장}

"그건 소재를 모으기 위해서 그랬던 거야."

"맞아. 그리고 이번도 마찬가지지. 이건 우리가 최강의 미소녀 게임을……."

"왠지 그 캐치프레이즈, 무슨 짓을 하더라도 다 용서받을 수 있는 최악의 면죄부가 된 것 같네."

"그럼 이번에는 싫다는 거야?"

"……그 질문, 왠지 싫어."

"그럼 좋다는 거네?"

"확인당하는 것도 싫어."

"그, 그럼…… 억지로……."

나는 그렇게 말한 후, 합의 하에 내 옆에 앉아있는 여자애가, 일부러 금방이라도 잡을 수 있는 위치에 둔 손을, 허락도 받지 않고…….

"······우와아."

"너무 질색하지 마! 손 씻었단 말이야!"

그녀가 미묘한 반응을 보이자, 나는 살며시 닿아있던 손을 부리나케 뗐다.

"아, 그건 알지만······."

한편, 방금 미묘한 반응을 보인 메구미는 내 옆에 둔 손을 치우지 않은 채, 멀어져가는 내 손을 멍하니 쳐다보고 있었다.

······당황하지 않을 거라면 상대방 남자가 위축할 만한 반응도 보이지 않았으면 좋겠는데 말이다.

"하지만 토모야 군의 표정이 엄청 절박해 보였단 말이야~"

"보지 마! 내 얼굴을 보지 말라고! 부탁이야!"

······게다가, 이렇게 남자의 의욕에 찬물을 끼얹는 소리 좀 하지 말라고.

"뭐랄까, 일전에 스카이프를 통해서 봤던 시나리오 쓸 때의 얼굴과 똑같아서, 『아, 텐션이 올라갔구나~』 하고······."

"겸사겸사 해설도 하지 마! 그리고 멋대로 쳐다봐놓고 그런 소리 할 거야?!"

어느새, 아니, 평소와 마찬가지로, 수세에 몰린 내가 패배를 예감하며 굴욕······ 아니, 수치심으로 가득 찬 얼굴을 손으로 덮었다.

"좀 진정 해, 토모야 군."

"너 때문에 진정을 못하는 거라고."

"뭐, 이해 좀 해줘. 아무리 나라도 이런 상황에서까지 무덤덤할 수는 없단 말이야."

"그렇다고 나를 궁지에 몰지 말란 말이야."

"손을 잡자고 말한 사람은 토모야 군이잖아?"

"그러니까 이건~, 어디까지나~, 우리가 최강의……."

"아, 예. 미소녀 게임을 만들기 위한 거지? 나도 알아."

"진짜로 알고 있는 거야~?"

"알아. 안다구."

진짜로, 진짜로, 아는 걸까…….

이렇게, 어느새, 내 손을, 꼭 움켜쥐고 있으면서 말이다…….

11줄 전부터

"하지만."

"응?"

"이렇게 역의 벤치에서 손을 잡는 건, 왠지 평범한 커플 같지 않아?"

"뭐야. 더 특별한 게 좋은 거야?"

"우와아……."

"그러니까 그런 반응 좀 보이지 말라고……. 게임 시나리오 이야기를 하는 거라고."

그런 식으로 두서없이…….

화제도, 주도권도, 시시각각 변화하며…….

우리는······『학교 근처 역에서 두 정거장 떨어진 역』에서, 남들의 시선을 신경 쓰지 않으며, 한 시간 가량 시간을 보냈다.

"뭐, 메인 히로인과 주인공이니까, 관계가 좀 더 진전되어도 괜찮을지 몰라."

"예를 들자면?"

"으음, 글쎄······ ■■를 한다든가?"

"······그럼, 그걸, 할래?"

"그러니까 일일이 물어보지 말라구."

"하지만, 그건 꽤 크리티컬 아냐?"

"그래도 토모야 군은 다른 사람과 더 엄청난 스킨십을 한 적도 있잖아~."

"······그거, 지금 할 이야기야?"

"키스를 한 적도 있으면서~."

"그 건에 대해서는 지난달에 석방 처분을 받았었잖아!"

한 시간이 흘러, 해가 지려하고 있는데도······.

우리는 질리지도 않는 듯이, 딱히 영양가 없는 이야기를 나눴고······.

결국, 어느새, 깍지를 낀 우리는······.
<small>10줄 전부터</small>

남들이 본다면 아마, 평범한 커플 같아 보일 것이다······.

※　※　※

이벤트 번호 : 메구리19

종류 : 개별 이벤트

조건 : 메구리18 직후에 발생

개요 : 메구리와 주인공, 처음으로……

그리고, 수요일, 심야.

"그, 그, 그그그그그……."

『…….』

"그럼, 드디어, 드이어어어어…… 키, 키, 키, 키스……."

『장난치고 있지? 토모야 군, 장난치고 있는 거 맞지?』

"아냐! 너무 부끄러워서 이상한 리액션을 취한 것뿐이야!"

『아~ 시끄럽네. 이웃들에게 폐 좀 끼치지 마.』

스카이프를 통해 보이는 메구미의 표정과 태도는 일전의 손잡기 데이트 때…… 아니, 손잡기 데이트 이벤트의 시나리오 리딩 때와는 다르게 다시 무덤덤해졌다.

뭐, 이렇게 된 이유는 내 텐션이 이상할 정도로 높은 점, 그리고 매번 높아져 가고 있는 이벤트의 허들 때문일 것이다. 러브러브 수준

『이렇게 부끄러운 시나리오를 매번 나한테 보여주지 않아도 돼. 토모야 군이 자기가 쓴 글에 만족하면 그걸로 충분하단 말이야.』

"아냐. 오늘까지의 실적으로 볼 때, 메구미가 보여줘야 좋은 글을 쓸 수 있다는 게 명백하거든!"

『하지만 키스신이라면 경험자인 토모야 군이 나보다 잘 알걸?』

"너, 이 상황에서 그런 소리를 하는 거냐?! 하는 거냐고!"

너, 너…… 지금. 은근슬쩍 키스 경험이 없다고 말했지?!

……오늘의 시나리오 리딩에서 다룰 『메구리19』에서는 주인공과 메구리의 첫 키스 신이 나온다.

저 멍한 메구리가, 드디어 주인공을 연인으로 의식하게 되는 매우 중요한 터닝 포인트이자, 유저의 마음을 완전히 휘어잡아야만 하는, 매우 중요한 이벤트다.

그래서 다양한 요소…… 두 사람의 마음이 다이렉트도 전해지는 묘사, 뇌가 녹아버릴 만큼 모에한 시추에이션, 무심코 두 사람의 사랑을 응원하고 싶어질 만큼 가슴 따뜻한 대화…… 그 모든 것이 높은 수준에서 융합해야만 한다.

『하지만, 나도 이제 이 시나리오 리딩이라는 게 부담스러워지기 시작했단 말이야.』

"메인 히로인이 그런 소리를 하면 어떻게 해!"

하지만, 그런 중요한 회의 중인데도 불구하고, 메구미의 반응은 회를 거듭할수록 부정적으로 변해갔다.

……뭐, 초반에만 말이다.

『게다가 요즘 내 마음속에서는 토모야 군이 「그저 내 반응을 보며 즐기고 있을 뿐」이라는 의혹이 커져만 가고 있어.』

"무슨 소리를 하는 건지 모르겠는데요?!"

『솔직히 말해 토모야 군은 요즘 시나리오를 잘 쓰고 있으니까, 내 조언은 필요 없을 거라고 생각해.』

"그, 그래……?"

『응. 여자애가 낯 뜨거워서 거의 읽지도 못할 레벨의 시나리오를 말이야. 그러니 남자 오타쿠들에게 충분히 먹힐 거야.』

"……좀 걸리는 구석이 있는 발언이지만, 일단 칭찬으로 받아들일게. 그럼 아까 보낸 『메구리19』 파일을 열어봐. 일단 키스 직전의 대화 부분만 써봤어."

『……결국 내가 얼마나 저항하든, 나한테 선택권은 없는 거네.』

"자아, 입만 놀리지 말고 손을 놀리라고~."

『토모야 군, 요즘 정말 살맛 난 것 같네.』

뭐, 무슨 소리를 듣더라도 이건 우리가 만드는 최강의(이하 생략)이니까, 이 정도로 주저앉을 수는 없다.

【주인공】「어이…… 메구리.」

【메구리】「저기…… 눈감고 있는 사람한테 말 걸지 말아줄래?」

【주인공】「아니, 그래도…… 진짜, 괜찮겠어?」

【메구리】「뭐가 말이야?」

【주인공】「메구리는 괜찮은 거야? 나와, 정말, 할 거야?」

【메구리】「휴우…….」

내가 이 상황에서 겁쟁이 같은 소리를 하자…….

메구리는 쓴웃음 섞인 한숨을 내쉬더니, 눈을 꼭 감은 채, 스탠바이 상태로 이렇게 말했다.

【메구리】「저기 말이야. 나, 방금 이상한 생각을 했어.」

【주인공】「이상한…… 생각?」

【메구리】「내가 나이를 먹고, 할머니가 되어서, 곧 숨을 거두려고 할 때…….」

【주인공】「……확실히 이상한 생각이네.」

【메구리】「내가 살아온 인생이 주마등처럼 머릿속을 스치는데…….」

【메구리】「아아, 그러고 보니 첫 키스 상대가 당신이었네, 같은 생각이 들면…….」

【메구리】「그럼, 왠지, 웃으면서 숨을 거둘 수 있을 것만 같아…….」

【주인공】「메구리…….」

【메구리】「그 정도로, 너를 좋아하는 것…… 같아.」

【주인공】「윽…….」

"으, 으으, 윽……."

『…….』

"크으으으으~! 눈물 나! 모에하면서도 눈물이 난다고! 최강이자 최고의 시추에이션 같지 않아?! 메구미는 그렇게 생각하지 않는 거야?!"

『……완성도가 뛰어난지 만지는 제쳐두고, 엄청 고리타분

한 대사라는 건 인정할게.』

"끝내주는 칭찬을 해줘서 고마워! 내가 리얼에서 듣는다면 죽어도 괜찮다고 생각할 만한 대사를 엄선해봤습니다!"

『아~, 그런가요.』

내 자화자찬을 듣고 질린 메구미는 카메라와 거리를 두더니, 방구석에서 이쪽을 주시하고 있었다.

"그럼 이 텍스트의 감수를 부탁드립니다! 메구미 양!"

『……알았으니까, 고함 좀 그만 질러. 이웃들에게 폐를 끼치지 말라고 내가 아까 말했지?』

"그럼 카메라 쪽으로 와. 돌아오라고~!"

『아아~, 정말.』

후덥지근한 외침을 듣고 질색을 하면서도 컴퓨터 앞으로 돌아온 메구미는 퉁명하기 그지없는 표정을 지으면서 나를 노려보았다.

그래도, 결국 컴퓨터 화면을 들여다보더니, 아마 내가 쓴 『메구리19』의 시나리오 파일을 진지하게 읽으면서, 흥을 잡으려고…… 아니, 감수를 시작했다.

『으음…… 여전히 낯 뜨거워서 읽지도 못할 수준의 망상이라는 점은 제쳐두기로 하고…….』

"매번 꼭 그 말을 하지 않으면 직성이 풀리지 않는 거야?"

『아무튼, 이 히로인이 너무 각오를 심하게 다진 것 같지 않아?』

"각오?"

『저기, 뭐랄까, 아무리 사귀고 있더라도, 보통은 좀 더 장래성을 고려해보지 않을까? 진짜로 이 남자로 괜찮을지 생각해봐야 정상 아냐?』

"저기, 미소녀 게임 히로인에게 그런 사고방식이 필요한가요?"

『그리고, 평생 함께 할 거라는 걸 전제로 삼고 있다고나 할까, 헤어질지도 모른다는 생각을 전혀 하지 않는다고나 할까…… 이래서야 이미 부부나 다름없잖아.』

메구미는 굳이 따지자면 부정적인 쪽에 가까운 지적을 했지만……

"부부 커플…… 그거야!"

『뭐? 그거라니?』

나는 그 순간, 신의 계시라도 받은 듯한 충격에 휩싸였다.

"쭉 함께 할 거라고 믿으며, 헤어질 거라고는 전혀 생각하지 않는다…… 그건 장래를 함께 하기로 결심한 부부의 관점이잖아!"

『뭐, 처음에는 그렇게 생각하다 결국 이혼하는 부부도 현실에는 많지만.』

"그래, 부부야……. 응, 그 연기 플랜으로 가는 거야! 메구미!"

『아, 싫어.』

나는 메구미가 연달아 나한테 끼얹어대는 찬물을 견디면

서, 모니터 너머에 있는 메인 히로인을 향해 기합으로 가득 찬 목소리로 이렇게 말했다.

"방금 그 대사…… 좀 더『아내』처럼 말해봐!"

『틀림없어……. 토모야 군, 나를 가지고 놀고 있지? 그렇지……?』

Web카메라 너머로도 알 수 있을 만큼 눈빛이 죽어버린 메구미가 원망하듯 나를 쳐다보았다.

하지만 나는 이 정도로 주저앉을 만큼 약해빠지지 않았다. 이치에 맞지 않더라도, 열정을 통해 밀어붙이고 보는 철면피. 히로인을 매력적으로 만들어, 거대한 모에를 자아내는 우리가 바로, 게임 서클『blessing software』!

"그냥『내가 나이를 먹고』부분부터라도 괜찮아."

……아무튼, 메구미의 혼이 토한 통곡을 무시한 나는 여신을 우러러보는 신자 같은 시선으로 그녀를 응시했다.

『토모야 군…… 왠지, 요즘 들어 나를 대하는 태도가 좀 음란하지 않아?』

"어쩔 수 없어……. 시나리오를 쓰다보면, 주인공의 기분에 영향을 받게 되거든."

그렇다. 최근의 메구리 루트는 주인공이『나는 원숭이대이! 손장난을 익힌 발정난 원숭이대이!』인 것처럼 메구리에게 맹렬하게 대시하는 묘사만 이어지고 있다.

그렇다면 그런 대사와 심정을 극명하게 그려낼 수 있도록,

시나리오라이터인 나 또한 히로인인 메구리에게 그런 감정을 안게 되는 것은 자연스러운 일이다.

그러니 결코 내가, 코사카 아카네가 말한『끝내주게 기분 좋은 자ㅇ』를 하고 있는 것은 아……니라고 생각한다.

『아내처럼…… 아내, 처럼…….』

내가 다음에는 얼마나 구질구질한 변명을 늘어놓을지 고민하고 있는 사이, 메구미는 이미 「정말, 어쩔 수 없네」하고 말하며 납득해줬다. 그리고 연기 플랜을 짜면서, 메구리에 몰입하려 하고 있었다.

그렇다면 나는 괜한 소리를 하지 않으면서, 그녀의 일거수일투족에 오감을 맡기며, 두근거리는 가슴을 안고 다음 말을 기다릴 뿐이다.

『으음. 내가 나이를 먹고, 할머니가 되어서, 곧 숨을 거두려고 할 때…….』

그리고 메구미의 입술에서, 메구리가 흘러나왔다.

『그때, 내가 살아온 인생이 주마등처럼 머릿속을 스치는데…….』

"……윽."

『아~, 그리고 보니 첫 키스 상대는 중증 오타쿠 남자애였네 ……같은 생각이 들면, 아마 편히 눈감지 못할 거야~.』

"커어어어어어어어어어어어엇~! NG이이이이잇~!"

……하지만 기대와 달리, 메구미의 입에서 흘러나온 것은 메구리가 아니라, 멍한 메구미였다.

『으음~. 내가 지금 생각하고 있는 바를 애드리브 삼아 섞으면서 연기를 해봤는데, 그렇게 이상해?』

"이, 이상해! 밋밋한 연기도, 교과서 읽는 말투도! 전부 이상하다고!"

첫 키스는 오타쿠 남자애와!!

아무튼, 대사 내용에 관한 해석에 관해서는 눈치채지 못한 척 하면서, 나는 메구미를 엄격하게 지도했다.

"애드리브는 좋지만, 개그 노선은 엄금! 모에하거나, 눈물이 나거나, 몸부림을 치게 되는 노선 한정으로 부탁해!"

『하아, 정말. 키스를 하면서 무슨 말을 할지는 남에게 알려주고 싶지 않은데 말이야.』

"으…… 상상을 말해줘도 돼. 실제로 사용할 패턴을 알려주지 않아도 된다고!"

하지만 메구미는 동요한 나를 놀리려는 것처럼, 미묘한 뉘앙스의 발언으로 반격하기 시작했다.

요즘 들어 실제로 시나리오 리딩을 시작하면, 항상, 이렇게 된다니깐…….

『어느 노선이든 간에, 역시 『아내』처럼 하는 건 어려울 것 같아…… 토모야 군.』

"그, 그럼, 조금만 레벨을 낮춰서…… 오랫동안 사귄 연인 사이, 정도는 어때?"

『응. 알았어. 그 정도로 「좋아하는」 거지?』

"으, 응……."

방금까지 푸념을 늘어놓던 메구미가 이번에는 내 의도를 재빨리 눈치채더니, 적극적으로 내 낯 뜨거운 세계에 들어섰다.

그리고 심호흡을 한 번 하면서 눈을 감은 후, 천천히 입술을 침으로 적셨다…….

메구미는 그런 일련의 동작을, 카메라 바로 앞에서, 즉, 내 눈앞에서, 하더니…….

『그럼, 시작하자.』

"그래."

『…….』

"……."

『……어?』

"어? 왜 그래?"

『주인공의 대사를 해줘야 할 거 아냐…….』

"어……."

그리고, 더욱 엄청난 짓을 벌였다.

『왜 그래? 이건 대화잖아? 독백이 아니잖아?』

"자, 잠깐만 있어봐……."

『혼자서 떠들어대선, 감정을 살리지 못해. ……못한단 말이야, 토모야 군.』

"너, 너, 감정을 살린 연기를 할 수 있긴 한 거야?"

『아무튼, 상대역을 해줄 사람이 없으면 안 할 거야.』

과거의 『카토』에게 먹혔던 태클이, 지금은 눈곱만큼도 통하지 않았다.

"아, 아니, 하지만 나는 주인공이 아니라 시나리오라이터니까……."

『……이럴 때만, 그런 소리를 하는구나.』

"메구미……."

정감이 어린…… 지나칠 정도로 어린 『메구미』는 내가 도망치는 걸 허락하지 않았다.

『준비는 됐어? 그럼…… 시작할게.』

그래서 나는 느닷없이 느껴지지 시작한 두근거림과, 식은 땀과, 긴장으로 범벅이 되면서…….

이 느닷없는, 낯 뜨거운 역할연기에, 몰입되어갔다.

"어, 어, 어이…… 메구리."

『저기…… 긴장 좀 풀어.』

"미, 미안. 하지만, 너무 느닷없어서……."

『나, 처음이라서…… 네가 그렇게 굳어 있을 때, 뭘 어떻게 하면 좋을지 몰라.』

"뭐? 아……."

그것은 내 어설픈 연기를 지적하는 발언이 아니었다.

『하지만, 우리 둘 다 이렇게 긴장할 필요는 없어.』

"……왜?"

『그야, 나쁜 추억이 될 리가 없잖아.』

"뭐……."

『치아가 부딪치더라도, 웃음이 터지더라도, 다투게 되더라도…… 무슨 일이 일어나더라도, 멋진 추억이 될 게 틀림없어.』

그것은, 완벽하게 카노 메구리가 된, 카토 메구미가 펼치는 혼신의 애드리브였다.

"메구미, 아니, 메구리, 는…… 진짜로, 나와, 할 거야?"

『어~, 또 그 소리야? 옛날 옛적에 대답했었잖아.』

"미, 미안해."

하지만 나는 그녀의 연기와 애드리브에 맞추지 못한 나머지 각본 내용으로 궤도수정을 하려다, 오히려 추태를 부리고 말았다.

어디로 향하고 있는 건지 모르는 대화의 흐름 때문에, 이야기의 전개 때문에, 그녀의 마음 때문에, 격렬한 동요를 느낀 가슴이 쉴 새 없이 뛰었다.

『…….』

메구리가, 아니, 메구미가, 화면 너머에서 아무 말 없이 꼼짝도 하지 않으며, 나를 지그시 쳐다보고 있었다.

하지만 그녀는 내 지시를 기다리고 있는 것도, 벽에 부딪친 것도, 부끄러워하고 있는 것도 아니라…….

"······메구리."

『응.』

나의······ 아니, 주인공의 말을 기다리고 있는 것이다.

즉, 「나는 이미 내 마음을 밝혔어. 그러니까 다음은 네 차례야」 같은 상황이다.

"얼굴을 더, 내밀어봐."

『응.』

메구미가, 화면을 향해 다가왔다.

그녀의 얼굴이, 평소에 현실에서 볼 때와 별반 다르지 않을 만큼 클로즈업되었다.

"메구리······."

그래서 나 또한 그녀의 각오 ― 어디까지나 연기에 있어서의 ― 에 부응하기 위해, 그녀에게 다가갔다.

버추얼을 통해서인데도, 현실미를 느껴지는 이 거리감에······.

『가깝네······.』

"어쩔 수 없잖아. 우리는, 지금······."

『키스를 하려는, 거니까 말이야.』

우리는, 취해 있었다.

코앞에서 내 얼굴을 본다고 하는 징그러운 상황에 처했는데도, 화면을 통해 보이는 메구미의 얼굴은 붉게 달아올랐으며, 컴퓨터의 스피커에서는 그녀의 숨소리가 흘러나왔다.

『저, 저기…… 이제 그만, 눈, 감지 않을래?』

"싫어…… 더, 보고 싶어."

『그건 매너 위반이야…….』

"그게 어쨌다는 거야."

『정말…….』

메구미의 얼굴이 코앞에 있다고 하는 흔치 않은 상황을 흘려보내고 싶지 않기에, 나는 내 눈꺼풀이 시야를 차단하는 것을 거부했다.

그러자 메구미는 이렇게 얼굴 화끈거리는 눈싸움을 더는 못하겠는지, 고개를 돌렸다.

"이쪽을 쳐다봐."

『왠지, 싫어.』

"이래선 키스를 할 수 없다고."

『어차피, 이대로는 못해…….』

"그런 문제가 아니잖아……."

그리고 메구미는, 결국 룰을 위반했다.

두 사람이 바짝 붙어 있다고 하는 상황을, 포기한 것이다.

『뭐가 아닌데…… 아무 것도 안 할 거면서, 이렇게 쳐다보지 마.』

"그럴 수는 없어. 지금 메구미가 짓고 있는 표정을 시나리오에 담고 싶어."

그래서 나는 룰을 뜯어고쳤다.

메구리와 주인공이라는 배역을, 내던져버린 것이다.

『그런 건 상상으로 쓰면 되잖아. 그러는 편이 유저들의 상상력을 자극할 수 있을 거야.』

"싫어. 이건 게임의 텍스트야. 소설이 아니라고."

『그게, 어떻게 다른데?』

"그림이 있으니, 상상력을 자극하는 복잡한 표현보다, 리얼한 표정을 심플하게 표현하는 편이 유저에게 정확하게 전달될 거야."

『……변명을 할 때는 소설적인 복잡한 표현을 쓰네.』

"딴소리 그만하고 이쪽을 쳐다봐, 메구미."

『정말…… 토모야 군은 요즘 살맛 난 것 같다니깐.』

아냐. 그렇지 않아, 메구미.

살맛이 난 게 아냐. 그저 관둘 수 없는 것뿐이야.

시나리오 리딩 도중에 각성하는 메구미가…….

완벽하게 메인 히로인을 연기하게 된 메구미가…….

……아니, 메인 히로인이 되어가는 메구미가…….

아름답고, 귀엽고, 모에해서…….

눈을 뗄 수 없는 것뿐이야. 놔주고 싶지 않은 것뿐이라고.

『…….』

"……."

우리는 눈을 치켜뜬 때, 코앞에서 서로를 똑바로 쳐다보았다.

하지만 금방이라도 닿을 듯한 입술은, 안타깝게도, 액정 화면에 비친 영상에…….

『저기.』

"응?"

『왜, 지금, 이 자리에, 없는 거야…….』

"뭐……."

바로 그때, 어찌된 영문인지, 내가 마음속으로 토한 한탄이 스피커에서 흘러나왔다.

『왜, 내 눈앞에, 없는 거야…….』

그것도, 내가 아니라, 다른 사람의 목소리에 실려서 말이다.

"메, 메구미…… 으음, 방금, 그 말은……."

『으~~~!』

"아."

하지만, 그 말과 태도의 의미를 알아보기도 전에…….

느닷없이 화면이 격렬하게 흔들리더니, 덜컹 하는 소리와 함께 영상과 소리가 끊겼다.

……그녀가, 노트북 컴퓨터를 닫아서, 이어질 말을 봉인하고 만 것이다.

에필로그

목요일, 심야.

『전?』

"그래. 기승전결의 전(轉). 반전 같은 거 말이야."

『아, 히로인이 사고로 죽거나, 병으로 죽어버리는 것처럼, 아무튼 죽어버리는 거 말이구나…….』

"……너는 무슨 일이 있든 일단 죽고 봐야 직성이 풀리나 보네."

어제 시나리오 리딩으로부터 하루가 지난 덕분인지, 다시 멍한 느낌으로 되돌아온 메구미의 목소리가 스마트폰 음성 통화를 통해 들려왔다.

"뭐, 대략적으로 설명하자면 그런 거야. 절망에 빠뜨리는 거지."

『아~. 그러고 보니 메구리 루트에는 그런 전개가 없었던 것 같네.』

내가 통신 수단이 변경된 이유를 묻자, 메구미는 『어제 시나리오 리딩을 한 후에 컴퓨터가 고장 났기 때문』이라고 설명했다.

또한 「그건 고장 난 게 아니라, 고장 낸 거에 가까울 것 같은데……」, 「스마트폰으로도 비디오 통화가 가능하거든?」 같은 태클은 커뮤니케이션 유지를 위해 자제하기로 마음먹었다.

"아. 오해할까 싶어 말해두는 건데, 나는 지금까지 쓴 메구리 루트가 정말 마음에 들어! 메구리가 귀여워 죽을 정도라고!"

『……아~, 그런가요.』

"하지만 드라마성이 없긴 해……. 두근두근은 있지만, 조마조마는 없다고나 할까……."

시나리오 작성은 순조롭게 진행되고 있다.

……내 심장에 막대한 부담이 가해지고 있다는 점만 빼자면 말이다.

『하지만 이 게임을 하는 사람들이 그런 걸 원할까? 히로인과 엇갈리거나, 헤어질 뻔하는 것보다, 두 사람이, 쭉, 저기…… 으음…….』

"뭐, 스트레스 받는 전개를 넣지 않고, 그저 두 사람이 러브러브하고, 꽁냥꽁냥하며, 쪽쪽하는 장면만 보고 싶다는 의견도 분명 존재할 거야."

『……내가 하고 싶었던 말이 그게 맞긴 한데, 좀 표현을 가려서 써줄 수는 없는 거야?』

『메구리15』 이후의 개별 루트 시나리오의 파일 수는 두 자릿수를 넘어섰으며, 지금도 1일당 3이벤트 정도의 페이스로 늘어나고 있다.

그 토대가 되고 있는 것이 바로, 나와 메구미의 『시나리오 리딩』이다.

"메구미는 어떻게 생각하는데?"

『그게 무슨…… 소리야?』

"일대파란이 일어나는 이벤트를 이제부터라도 넣는 편이 좋을까? 아니면 끝까지 러브러브 묘사를 추구하는 편이 좋을 것 같아?"

『으, 으음~.』

우리는 매일같이 다양한 시추에이션을 시뮬레이트하고, 대사를 짜면서, 생각을 공유했다.

"아, 머릿속에 떠오른 생각을 솔직하게 말하면 돼. 최종적으로는 내가 결정할 거야."

『으음~, 으음…….』

"……그러니까, 너무 고민하지 말라고."

그래서, 나는 이제, 메구미의 마음을…… 아, 속속들이 안다고는 할 수 없겠지만 말이다.

『글쎄, 내 생각에는…….』

"메구미 생각에는?"

『……「파란(波瀾)」은 필요 없을 것 같아.』

"그렇구나……."

그래도 그녀가, 좀 흔들리거나, 마음을 억누르지 못하거나, 마음이 흘러넘치려 하는 것은 느낄 수 있게 되었다.

『어차피 지금까지의 시나리오 자체도 낯 뜨겁기 그지없으니까, 파란까지 집어넣는 건 좀 그럴 것 같네…….』

"에이, 낯 뜨거운 시추에이션은 앞으로도 계속될 거야! 내 머릿속에는 열 개가 넘는 두근두근 이벤트가……."

『아아, 정말……. 그럼 이 작품은 낯 뜨거움만을 끝까지 추구하면 되겠네.』

……그도 그럴 것이, 나와 거의 같은 타이밍에, 같은 걸 느끼고 있는 것이다.

"뭐, 아무튼 후반부의 전개는 좀 더 생각해볼게. 또 아이디어가 떠오르면, 시나리오 리딩을 도와줘."

『아~, 그거 말인데…….』

"응?"

『시나리오 리딩…… 한동안, 안 하면 안 될까?』

"……뭐?"

방금 한 말이 무색하게…….

메구미는, 내가 예상하지 못한 발언을 입에 담았다.

『저기, 미안해. 지금 집필이 흐름을 타고 있다는 건 알지만…….』

　메구미가 나와 거리를 두고 싶어 한다는 것은 알고 있었다.

　컴퓨터가 고장 나서 영상 통화를 할 수 없다는 『거짓말』만
이 아니라, 평소와 다르게 등교할 때도 마주치지 않았으며,
학교 안에서 마주쳤을 때도 괜스레 우물쭈물했다. 이 시나
리오 리딩 또한 채팅을 통해서 하자고 하는 등, 지금까지의
메구미와는 명백하게 달랐던 것이다.

　"왜 그래? 좀 신경이 쓰이네. 혹시 사고나 병, 혹은 다른
이유로 생사의 경계를 헤매고 있는 거야?"

　『나한테 그런 갑작스러운 전개가 일어날 리 없거든? 절대
없어.』

　"그럼 왜…….."

　『그게, 저기…… 요즘 너무 신이 난 것 같다고나 할까……
나도, 토모야 군도 말이야.』

　"……그게, 나쁜 일이야?"

　『아～, 저기…… 게임 안에서『만』이라면 아무 문제없어.』

　……메구미의 그 낮은 중얼거림이, 내 귀속으로 흘러들어
왔다.

　그리고 전부 다는 아니지만, 일단 무슨 소리를 하는 것인
지 얼추 이해했다……고 생각한다.

　왜냐면, 나도…… 아니, 나는 메구미의 그 말을, 순수하게
해석해봤을 때 도출되는 감정을 마음속에 품고 있는 것이다.

그래서, 나는…….

"알았어. 한동안 시나리오 리딩을 쉬자."

『미안해, 토모―.』

"하지만, 그 대신…… 이번 주 토요일에 이케부쿠로에서 낮 한 시에 보자."

『……잠깐만.』

나는 일부러, 메구미가 의도치 않은 방향으로 나아갔다.

"아, 걱정하지 마. 그 날 드는 비용은 전부 내가 낼게. 그 냥 나와 같이 다녀주기만 하면 돼."

『저기, 시나리오 리딩을 쉬고 싶다고 한 건, 게임 제작을 쉬자는 소리가 아니라…….』

"그 정도는 나도 알아."

『토모야 군…….』

"알지만, 납득이 안 되는 것뿐이야."

어쩔 수 없잖아? 나는 현실에서, 지금의 메구미를 만나고 싶다고.

『지금은 안 돼. 안 된단 말이야…….』

그 중얼거림 또한 똑똑히 들렸다.

그래서 약속 장소를 마을 한 가운데로 잡았다.

지금 내 방에서 만나자고 해봤자 거절당할 거라는 건, 나 도 쉬이 짐작이 된 것이다.

"하지만 그날 꼭 만나야 한다고."

『뭐~, 왜?』

"저기, 메구미? 이번 주에 9월 23일이 포함되어 있다는 건 알고 있는 거야?"

『……아~.』

그렇다. 이런 시기에 그런 적당한 날이 존재한다는 걸 눈치챘으니, 이용할 수밖에 없다.

그것은 카토 메구미가, 열여덟 번째 맞이하는, 기념일인 것이다.

『작년에는 까먹고 지나갔으면서…….』

"그러니까 2년치 축하를 한꺼번에 해줄게! 올해는 화끈하게 축하를 해주겠어!"

그렇다. 화끈하게, 할 거다.

왜냐하면, 이것은, 최고의 소재 수집인 것이다.

메구리 루트의 클라이맥스 장면을 장식하기에 걸맞은 이벤트가 가득 들어있는 보물창고다.

『으음…… 하다못해, 조금만 연기하면 안 돼? 다음 달로 말이야.』

"생일 축하를 어떻게 미루냐고!"

그리고…… 그 외 기타 등등에 있어서도 최고의 찬스다.

"……평범한, 데이트야."

『하아, 정말…….』

그렇다. 그 어떤 표현을 붙이든, 이것은 평범한 데이트다.

중증 2차원 오타쿠 남자애가, 존재감이 없기는 해도 올려다볼 엄두도 안 날 언덕 위의 꽃을, 용기를 쥐어짜내 에스코트하는, 신성하고, 우스꽝스러운 의식이다.

"부탁이야, 메구미! 부탁입니다, 메구미 양! 부탁드립니다, 메구미 님!"

음성 통화 중인데도, 나는 힘껏 고개를 숙였다.

보이지 않지만, 망설임으로 가득 찬 표정을 짓고 있는 상대방을 상상하면서 말이다.

그렇게, 3초도 되지 않지만 3년처럼 느껴지는 침묵의 시간이 흐른 후…….

『아아~. 난 몰라~, 토모야 군.』

"뭐?"

메구미는 또 미묘하면서 애매한 대답을 했다.

『나, 진짜~ 몰라~. 모른다구~.』

"아니, 그러니까 뭘 말이야?"

뭐, 그 말의 내용만으로 본다면 그렇게 받아들일 수 있을지도 모른다.

『모레, 말이지?』

"으, 응…… 어?"

『진짜 큰일 났네……. 벌써부터 기대되기 시작했어…….』

"오, 오오……!"

하지만, 감각적으로는 알고 있었다.

이 미묘하면서 애매한 내용의 말이, 묘할 정도로 밝은 목소리를 타고 들려왔다는 것을…….

매우 귀엽고, 안타까우며, 또한 요염한 정감을 머금은 채, 들려왔다는 것을…….

『빨리, 내일이 되면 좋겠어. 그리고, 주말이 되면 좋겠어.』

"금방 될 거야."

『대체 어디를 가게 될까……. 나를, 어디에 데려가줄까…….』

"안심해. 이번만큼은 평소 자주 가던 곳은 안 갈 거야."

『아~, 그런 곳도 괜찮을 것 같기는 해……. 왠지 안심이 될 것 같거든.』

"네가 좋아도 내가 안 된다고! 이번만큼은!"

『그렇게 특별하게 생각할 필요 없어. 내 생일에 불과하잖아.』

"메구미의 생일이니까 특별하게 생각하는 거야."

『아, 방금 그 대사는 메구리 시나리오에서 써먹을 수 있지 않을까?』

"어? 내가 방금 뭐라고 했는데? 메모할 테니까 재현해봐!"

『토모야 군이 한 말이니까 직접 재현해봐.』

"혼자 해선 감정이 살지 않는다고~."

『애초에 토모야 군은 감정이 담긴 연기를 할 수 있긴 한 거야?』

"부탁이야, 메구미…… 자아, 「난 몰라~, 토모야 군」 부분부터 해봐!"

『……아까 했던 대사를 외우고 있는 걸 보면 재현 안 해도 될 것 같은데?』

"쳇~."

각오(?)를 다진 덕분에 마음이 편해진 건지…….

메구미는 딱딱하지도, 멍하지도 않은, 밝고, 여자애다운 말투로 이렇게 말했다.

뭐, 실은 한참 전부터 여자애 느낌이 물씬 나고 있었지만 말이다.

하지만, 아니, 그렇기 때문에…….

"아무튼, 다시 한 번 확인해보자! 토요일, 낮 한 시, 이케부쿠로 동쪽 출입구!"

『……꼭 갈게.』

"당연하지. 약속했으니까 말이야."

『토모야 군이야말로 지각하면 용서 안 할 거야.』

"저기, 네가 그렇게 말하면 농담처럼 안 들리니까 하지 마."

『……뭐, 1분 정도는 기다려줄게.』

"너무 짧아!"

내 목소리 또한 어느새 밝아졌으며…….

금방이라도 카토 메구미라는 여자애를, 만나고 싶어졌다.

만나서, 이야기하고, 함께 웃으며, 서로를 가까이에서 느낀 후, 그리고…….

하지만, 그런 것들은 모레까지 참아야 한다.

……하지만, 모레까지만 참으면 되는 것이다.

이벤트 번호 : 메구리??

종류 : 개별 이벤트

조건 : 메구리 루트 종반

개요 : 메구리의 열여덟 살 생일날, 두 사람은……

에필로그 2

『글쎄, 내 생각에는…….』
『……「파란」은 필요 없을 것 같아.』

그리고…….
기다리고 기다렸던, 이틀 후.
9월 23일, 낮 열두 시.
약속 시간, 직전.

『……, ……!』
"어? 뭐? 미안한데, 잘 안 들려……."
전파 혼선 때문이 아니라 잡음 탓에 목소리가 잘 들리지
않는, 그 한 통의 전화 때문에…….
『…….』
"뭐…… 잠깐만! 누, 가……."

그녀가 원치 않았던 『파란』이…….

하필이면, 바로 이 순간, 찾아왔다.

■작가 후기

안녕하십니까, 마루토입니다.

『시원찮은 그녀를 위한 육성방법』11권을 평소와 같은 페이스로 독자 여러분에게 전해드립니다.

지난 권도 평소와 비슷한 발행 간격이었습니다만, 그때는 (주로 편집자님과 인쇄소 분들 사이에서) 이런저런 일이 있었습니다. 하지만 이번에는 그렇게 긴박하지 않은 상태에서 후기를 쓰고 있다는 것은 (주로 편집자님과 인쇄소 분들에게 있어) 매우 기쁜 일일 거라고 생각합니다. ……이건 전부 애니메이션 각본이 전부 완성됐기 때문이겠죠(이러면서 앞으로의 애니메이션 제작 스케줄에 대한 책임을 회피).

그리고 애니메이션 제2기 『시원찮은 그녀를 위한 육성방법♭』은 2017년 4월 방송을 목표로 열심히 제작 중입니다.

작품의 인기를 조금이라도 더 끌어올릴 요소를 잔뜩 집어넣기 위해, 제가 아는 곳에서도, 모르는 곳에서도, 나쁜 어른들이 암약하고 있습니다. 그러니 다양한 것들을 기대로 가득 채우며 기다려주십시오(지갑 같은 걸 말이죠).

1기와 마찬가지로 노이타미나답지 않게 자존심을 내던져 버리고(주로 작품적으로), A-1Pictures다운 고집스러운 작화(주로 페티시즘적으로), 그리고 애니플렉스다운 인정사정 없음(주로 굿즈 면에서)을 살리며 노력하고 있습니다. 주로 카메이 감독님과 타카세 씨와 미사키 씨가 말이죠.

그리고 슬슬 클라이맥스에 접어들고 있는 게 아니냐는 소문도 돌고 있는 본편에 대해 이야기해볼까 합니다.

우선 「어? 평소보다 한 명 적네……」 하고 생각하신 독자분들. 괜한 사실을 눈치채셨군요. 뭐, 그 점에 대해서는 모 편집자님이 「이야, 지난 권에서 그렇게 등장시켰으니까 이번에는 안 나와도 되겠죠」 하고, 엄청 가벼운 말투로 제안해주셔서 거기에 따랐습니다. 저는 팬 여러분의 심정을 중시하고 싶었는데 말이죠. 모 선배 팬 여러분께서는 모 원작자만을 원망하지 말아주시길. 앞으로도 애독 부탁드립니다. 다음 권에서는 꼭 등장시킬게요.

뭐, 등장했다고는 해도 비중이 적었던 데다, 한 거라고는 등장하지 않았던 어느 인물 관련 발언만 한 모 금발 트윈테일에 비하면…… 아, 이쪽도 다음 권에서 활약합니다. 진짜예요.

그런 두 사람의 비중을 먹어치우면서, 이번에 변태한(번데기가 나비가 된다는 의미의 그 변태) 모 메인 히로인 양말입니다만, 10권에서 비중에 너무 없었다고 불만을 품은 무시무시한…… 열정적인 팬 여러분, 이걸로 봐주시면 안 되겠습니까…….

아, 6권 즈음부터 그런 불평을 들은 적이 없고, 그녀의 아이덴티티라 할 수 있는 비중 없음을 세간에서 용납하지 않는다고나 할까…… 아, 그러니까, 예상 이상의 반향을…… 아, 아무튼, 이제 작가 또한 슬슬 그녀와 어떤 식으로 마주해 나갈 것인지 진지하게 생각할 시기가 온 게 아닐까 하고 생각합니다.

뭐, 『왠지 평범한 히로인이 되어버렸네』 하고 생각하며 유감스러워하는 삐뚤어진…… 아, 그러니까, 개성적인 팬 여러분 또한, 제목이 작품 내용과 완전히 동떨어져 버린 『시원찮은 그녀를 위한 육성방법』을 앞으로도 지켜봐 주십시오.

위에서 말했다시피, 세간에서는 슬슬 완결될 때가 다 된 것이 아닐까 하는 소문이 돌고 있습니다만(참고로 6권 즈음부터 그런 말을 들었습니다), 얼마 전에 모 관계자에게 「이야, 겨울 코믹마켓이 끝나면 다음은 대학생 편이겠군요! 고등학교를 졸업하고 몇 년 동안 소원하게 지내던 토모야와 메구미가…….」 같은 구상을 이야기했다가, 「너, 또 그런 소리 하는 거야?」 하는 말을 듣고 그 구상은 백지로 돌렸습니다. 아, 제가 지금 무슨 말을 하고 싶어 하는 건지 물으셔도 대답할 수 없지만 말이죠.

그럼 마지막으로 감사 인사를 드릴까 합니다.

미사키 씨, 곧…… 곧 『♭』 관련 의뢰가 노도처럼 쏟아질 테니 각오하세요. 이야~, 저는 미사키 씨에게 가능한 한 부담을 드리지 않으려고 노력했어요~. 하지만 역시 좋은 작품을 만들기 위해 꼭 필요한 거라 타협을 할 수가 없네요~(상큼한 미소를 지으며). 그리고 재회와 옛 둥지와 배신 전개는 안 되는 건가요?

하기와라 씨, 이번에는(어디까지나 지난번에 비해) 순조롭게 작업을 진행했으니 사죄는 하지 않겠습니다. 따님이 생긴 이후로 히로인들을 아버지 시선으로만 보게 되어서 「이 작품에서 마음 놓고 아껴줄 수 있는 캐릭터는 이즈미뿐이군요!」 같은 소리를 하신 게 신경 쓰입니다만, 앞으로도 잘 부탁드립니다.

그럼 마지막에 이런 소리를 해서 죄송합니다만, 다음 권은 번외편…….

……농담입니다. 12권이 나올 겁니다. 진짜예요.

2016년 가을 마루토 후미아키

안녕하십니까. 근로청년 번역가 이승원입니다.

『시원찮은 그녀를 위한 육성방법』 11권을 구매해주셔서 진심으로 감사드립니다.

어느새 2017년도 5월에 접어들었습니다.

올해를 맞이한 지 며칠 되지도 않은 것 같은데, 벌써 넉 달이나 지났군요.

흘러간 넉 달을 떠올려보니, 일한 기억과 게임을 한 기억밖에 없네요.^^

올해는 재미있는 게임이 많이 나와서 더 그런 것 같습니다. AHAHA.

올해 제 게임 라이프의 포문을 열었던 일본 전국시대를 배경으로 한 서양 아저씨 요괴 사냥 액션 게임도 재미있었고, 그 다음에 했던 멘탈 붕괴 스토리와 화려한 액션이 결합된 하이브리드 엉덩이 감상(어이) 액션 게임도 즐겁게 했습니다.

지금은 오래간만에 재미있게 나온 판권작 슈O대를 즐기

고 있죠. 모 만렙 왕녀님의 위엄과 우주 멸망급 슈퍼로봇의 대활약(?)에 완전 빠졌습니다.

……이런 소리를 하고 있습니다만, 실은 하루에 한 시간도 채 못하고 있어요.(-_-;)

하루 종일 일하고, 취침 전에 하는 운동 시간에 헬스자전거를 타면서 한 시간 정도 게임하는 게 제 유일한 낙입니다, AHAHA.

……이 낙까지 없어지면 제 멘탈은 가루가 되어버릴 거예요.^^

그럼 이번 권에 대한 이야기를 조금 해볼까 합니다. 스포일러가 들어 있을 수 있으니 양해 부탁드립니다.

……이번 권은 카토에 의한, 카토를 위한, 카토 편이었다고 생각합니다.

전 세계 카토 팬께서는 이편을 바이블로 삼아도 되지 않을까 싶은 생각마저 한순간 들었습니다(어이).

솔직히 이제 와서는 그 누구도 카토를 시원찮다고 생각하지 않을 겁니다.

이제 스텔스 카토를 뛰어넘어 갓토느님이라 해야 한다고 봅니다.^^

……제가 무슨 말을 한들 사족이 될 것 같으니 차라리 이

쯤에서 끝낼까 합니다.

　독자 여러분께서도 본문을 읽으면서 카토의 매력에 다시 한 번 빠져주시길!

　그럼 이만 줄이겠습니다.

　L노벨 편집부 여러분, 항상 재미있는 작품을 맡겨주셔서 감사합니다. 앞으로도 잘 부탁드립니다.

　나와 함께 양꼬치집에 가서 중국요리(?)만 시켜먹은 악우들이여. 소주 값은 너희가 낸다며? 왜 입 싹 닦는 건데? 다음에 한턱 쏜다는 기약 없는 약속 따위는 하지 말라고.

　마지막으로 언제나 제게 버팀목이 되어주시는 어머니와 『시원찮은 그녀를 위한 육성방법』을 읽어주신 모든 분들에게 진심으로 감사드립니다.

　표지부터 충격에, 내용은 더 충격인 다음 권 역자 후기 코너에서 다시 뵙겠습니다!

2017년 5월 초
역자 이승원 올림

시원찮은 그녀를 위한 육성방법 11

1판 1쇄 발행 2017년 6월 10일
1판 4쇄 발행 2019년 12월 12일

지은이_ Fumiaki Maruto
일러스트_ Kurehito Misaki
옮긴이_ 이승원

발행인_ 신현호
편집장_ 김은주
편집진행_ 최은진 · 김기준 · 김승신 · 원현선 · 김솔함 · 권세라
편집디자인_ 양우연
국제업무_ 정아라 · 전은지
관리 · 영업_ 김민원 · 조은걸 · 조인희

펴낸곳_ (주)디앤씨미디어
등록_ 2002년 4월 25일 제20-260호
주소_ 서울시 구로구 디지털로 26길 111 JnK디지털타워 503호
전화_ 02-333-2513(대표)
팩시밀리_ 02-333-2514
이메일_ lnovelpiya@naver.com
L노벨 공식 카페_ http://cafe.naver.com/lnovel11

Saenai heroine no sodate-kata. Vol.11
©Fumiaki Maruto, Kurehito Misaki 2016
First published in Japan in 2016 by KADOKAWA CORPORATION, Tokyo.
Korean translation rights arranged with KADOKAWA CORPORATION, Tokyo.

ISBN 979-11-278-4166-9 04830
ISBN 978-89-267-9771-6 (세트)

값 6,800원

도쿄침역:클로즈드 에덴 Enemy of Mankind (상)

이와이 쿄헤이 지음 | 시라비 일러스트 | 김장준 옮김

《도쿄》가 변모한 지 2년— 고등학생인 아키즈키 렌지와
인기 아이돌 유미이에 카나타에게는 둘만의 비밀이 있었다.
두 사람은 《임계 구역·도쿄》에 침입하는 《침입자》였던 것이다.
에어리어 내에서만 발동하는 특수 능력 《주입》을 사용해
탐색을 이어 나가는 렌지와 카나타.
적대하는 정부 기관 《구무청》과, 에어리어 최악의 괴물 《EOM》과의 삼파전 상황에서
렌지와 카나타는 맹세한 《약속》을 이룰 수 있을 것인가?!

인류 vs. 인류의 적— 희망과 절망의 보이 미츠 걸 시동!!

곰 곰 곰 베어 1~3권

쿠마나노 지음 | 029 일러스트 | 김보라 옮김

게임이 현실보다 재밌습니까?—YES
현실 세계에 소중한 사람이 있습니까?—NO

……온라인 게임 설문 조사에 대답했을 뿐인데
말도 안 되는 이세계(아마도)로 내던져진 나, 유나.
은톨이 경력 3년의 폐인 게이머.
맨 처음 장착하게 된 장비템이 『곰 세트』라니……
이게 무어야—!?
하지만 세고 편하니까 뭐, 괜찮으려나?
올프를 쓰러뜨리고, 고블린을 쓰러뜨리고
극강 곰 모험가로서 일단 해볼까요.

은둔형 외톨이 소녀, 이세계에서 무적의 곰 모험가가 되다!

변변찮은 마술강사와 추상일지 1권

히츠지 타로 지음 | 미시마 쿠로네 일러스트 | 최승원 옮김

알자노 제국 마술학원에는 학생들도 기가 막혀 하는
한 변변찮은 마술강사가 있었다.
그의 이름은 글렌 레이더스.
수업에 뱀을 가져와서 여학생들이 무서워하는 모습을 감상하려다가
오히려 그 뱀에게 머리를 물리질 않나…….
도서관에서 실종된 여학생을 구하러 갔다가. 오히려 본인이 겁에 질려서
파괴 주문으로 도서관을 날려버리려고 하질 않나…….
수업 참관 일에는 웬일로 성실하게 수업을 하나 싶더니 곧 본색을 드러내고…….
그런 마술학원에서 벌어지는 변변찮은 일상.
그리고— "……꺼져라, 꼬마. 죽고 싶지 않으면."
글렌의 스승이자 길러준 부모인 세리카 아르포네아와의
충격적인 만남이 수록된 「변변찮은」 시리즈 첫 단편집!

본편 TV애니메이션 방영중!!